Les amies de ma femme

PHILIPPE ADLER

Philippe Adler

Les amies de ma femme

Éditions J'ai lu

A Sylvie.
Et ses « copines ».

Étant bien entendu que
toute ressemblance avec...
et patati et patata
et youp la li et youp la la.

Évidemment, bien entendu, comme par le fait, quand je rentre, Victoire est au téléphone.

Debout dans le living, près de la fenêtre, le portatif coincé entre oreille et épaule, en train de se manucurer les ongles, en tee-shirt Paul McCartney, les fesses virtuellement à l'air, ses jolis pieds nus dans mes, dans MES charentaises, une Lucky à demi consumée aux lèvres.

J'ai vaguement droit à un frémissement de la main, à un œil qui cille et à des lèvres qui me font un genre de « biou-biou » muet puis Victoire se remet à parler. En gros et en rajoutant les centièmes, un accueil de deux secondes. Après une absence de huit heures.

– Mais non, ma chérie, tu te confectionnes des idées. Et puis d'abord, personne il n'a jamais dite que tu étais moche comme une poux…

Victoire est d'origine écossaise. Elle parle magnifiquement le français, à cela près qu'elle est définitivement brouillée avec le maniement du le et du la. Chez les British, seuls les bateaux et les animaux ont droit au féminin. Nous, en France, avons l'esprit plus large : un pédé, une tante.

– Alors, écoute bien ce que tu dois faire.

D'abord, tu arrêtes de pleurer comme un made-leine, ce n'est pas beau et ça fait gonfler les œils. Ensuite, tu te maquilles, tu te faites belle et, quand il rentre, tu te comportes comme s'il n'était pas là, tu ne le vois pas, tu vaques à tes occioupations...

Exactement ce à quoi j'ai droit, en somme.

Victoire croule sous les amies.

Je les hais.

Toutes.

D'abord, elles sont moches. Enfin, pas toutes mais presque.

Ensuite, elles n'ont que du malheur. Pas tou-tes, mais presque.

Et puis, elles ne pensent qu'à ça.

Toutes.

Le cul, les mecs, les mecs, le cul.

Hallucinant comme une petite différence phy-sique de rien du tout, faille de San-Andréas contre Pic de la Mirandole, peut vous trans-former un individu. Prenez deux mâles, mettez-les ensemble : ils parleront bouffe, football, guerre, Bourse et, très accessoirement, fesses. Les femmes ne s'intéressent plus à la bouffe sauf quand on la leur fait et n'ont rien à cirer de Laval-Lens, Iran-Irak, Paribas-Saint-Gobain. Elles ne parlent que de nous.

Je sais, nous sommes géniaux mais à la longue, ça finit par peser. Surtout qu'avec des perverses professionnelles telles Menie Grégoire et Pascale Breugnot, le respect a foutu le camp. On nous a fait tomber de notre piédestal. Staline à Buda-pest. Bokassa en Centre-Afrique. Deux femmes ensemble aujourd'hui, ça parle de votre zizi, de sa taille, de son élasticité, de ses veines apparentes, de ses performances. Et ça râle si vous n'avez pas su trouver le point G au premier envoi, si vous avez envie de roupiller après le deuxième spectacle, si vous avez gardé vos Burlington et si vous n'avez pas chaussé vos Durex.

Comme je connais par cœur ce qui va suivre – « Tu loui annonces que tu sors ce soir, que tu es invitée, mais non, mais non, tu ne précises surtout pas par qui, tu restes dans le flou » –, je pars voir du côté de la cuisine ce que ma petite épouse préférée m'a mitonné pour le dîner.

Que dalle ! Le frigo pèle de froid tant il est vide, et il n'y a même plus de pain dans la panière en osier achetée à des Gitans belges à l'occasion d'une visite au pèlerinage des Saintes-Maries-de-la-Mer. Bref, il va encore falloir que j'aille acheter en catastrophe des œufs et de la baguettine congelée chez les Tunisiens de la rue de Boulainvilliers.

Insensées, ces nanas ! Passent trois heures au téléphone à se vautrer dans des malheurs dont Guy des Cars ne voudrait pas pour sa quatrième de couverture et, pendant ce temps, les hommes qui se sont crevés au boulot toute la sainte journée n'ont plus qu'à périr dans les crampes, affamés.

Je retourne au salon, masqué.

– Qu'est-ce qu'on bouffe ce soir ? lancé-je, hargneux.

Victoire lève les yeux au ciel, demande à sa copine de patienter une seconde – « Attends, tu ne quittes pas... Albert vient de rentrer ! » – et m'explique qu'avec tous les coups de fil qu'elle a reçus et donnés, elle n'a vraiment pas eu le temps d'aller chez Leroux et que bof, on mangera des œufs.

Leroux, c'est notre boucher de l'avenue Mozart. BCBG. Belles côtelettes, bon gigot. Tempes grisonnantes, cachemire apparent sous le tablier, charmeur avec les dames, maniant le couteau à découper comme le font de leur scalpel les chirurgiens dans les romans de Frank G. Slaughter, viande exquise, prix en rapport.

Sans illusions, je m'en vais voir si mon bain est coulé. Tu parles ! La baignoire a tellement soif que l'émail se fendille.

Exaspérant à la longue ! Les hommes s'assurent, généralement à prix d'or, les services exclusifs d'une compagne mais, à peine le contrat est-il signé que l'on voit celle-ci se mettre à tailler dans les clauses – les Marx dans *Une nuit à l'Opéra* – pour ne bientôt même plus fournir le service minimum de base et ne même pas se souvenir de la raison pour laquelle on avait commandé un et non pas deux Dunlopillo chez Lévitan ! Et l'on irait s'étonner après cela de voir monter en flèche la cote des Thaïlandaises dans les pages roses du *Nouvel Obs* !

Évidemment, ce qui fausse le jeu avec mon épouse, c'est que je l'aime.

Victoire a vingt-neuf ans, j'en ai trente-six. Elle a la jambe longue et fuselée, le popotin intelligent, les reins cambrés, les seins idem mais dans l'autre sens, la chevelure souple et auburn, descendant en cascade sur une nuque de gazelle, un petit menton volontaire et rigolo, des lèvres ourlées de sensualité, un nez en trompinette, l'œil bleu et rieur et un ravissant front bombé, orné d'une minuscule cicatrice laissée par une cloque de vaccinelle imprudemment griffée à l'âge de six ans d'un coup d'ongle rageur. Bref, Victoire est définitivement ce qu'il est convenu d'appeler une très jolie femme.

Avec cela, drôle, gaffeuse, cultivée, tendre, sensuelle, chatte.

Au fond, la seule chose qui pourrait éventuellement heurter les formalistes à tout crin, ce sont ses deux tatouages. Personnellement, ils m'ont plutôt fait craquer.

Tout en maugréant, je retourne au salon, *Le Monde* sous le bras. Je sais que lorsque Victoire est en consultation, ma présence a tendance à l'escagasser. Donc, un léger espoir pour moi de voir la conversation s'abréger.

Voyons, voyons. D'après le peu que j'ai entendu, ce pourrait être Marie-Rose, la consultante. À moins que ce ne soit Hélène, la spécialiste des coups fourrés foireux. Je peux éliminer d'emblée Dominique la gouine. D'abord, elle n'est pas mariée. Ensuite, Victoire m'a dit qu'elle était partie en séminaire aux Seychelles. Ce ne peut être non plus Marguerite, la maniaco-dépressive. Elle est en cure de sommeil à Lariboisière.

Victoire ne parlerait pas aussi rudement à la petite Thérèse qui relève d'hépatite et est encore faible sur ses jambes. Et si c'était Armelle, la nouvelle ?... Armelle, je l'ai rencontrée une fois et l'ai trouvée craquante puis Vick m'a narré ses malheurs et j'ai su qu'elle était comme les autres : in-cu-ra-ble.

Les amies de ma femme devraient se faire lobotomiser. Une petite opération de rien du tout. Remboursée par la Sécu. On vous cisaille un genre de petit appendice du côté du thalamus et hop ! en quelques secondes, de chieuse vous devenez concombre. Épatant ! Le pied total pour l'entourage !

Si les amies de ma femme étaient des concombres, ma femme s'occuperait plus et mieux de moi. Millimètre après millimètre, elles ont tout envahi. Les copines, je les trouve dans mon potage, mes meubles, mes nuits, mon téléphone. Parce que le téléphone, là, ça continue !

– Fais-le souffrir ! Fais-lui endiourer une enfer permanente ! D'abord, tu sors, tu revois des amis, tu te faits draguer… Comment cela ? Tu ne connais plous personne ?… Allons donc ! Et la mec dont tu m'as parlé avant-hier ? Tu sais bien, le type des assiourances… Mais non ! Pas celui qui pique des fards tout le temps… Moi, je te parle de celui qui a la main baladeuse… Mais si, mais si, tu verras, c'est très agréable de se faire mettre la main aux fesses…

Ah bon ?… Je me lève, m'approche de Victoire et pose ma paume à l'endroit sus-indiqué. Vick tape du pied et me fusille du regard. Étonnant, non ? Ce qui est bon pour les autres ne le serait donc pas pour elle ?

Vexé, je m'éloigne. Futée, Vick balise et m'adresse un clin d'œil genre : « I love you baby mais je t'en prie ne me déconcentre pas je suis en train de sauver une âme en perdition » et elle repart de plus belle.

– Mais non, ma chérie, je ne te demande pas de le faire cocquiou ton Norbert, je te suggère simplement de le rendre un peu jalouse. Et tu vas voir comme il reviendra te manger dans le main à toutes les berzingues. Tu comprends, tu as eu le tort de te laisser décoter petit à petit. Tu n'as plus de soupirails autour de... Hein ? Soupirants ? Oui, c'est la même chose.

Norbert. Aucune des amies de ma femme n'est mariée à un Norbert. C'est donc bel et bien ce que j'appréhendais. Victoire s'est déniché une nouvelle desperada. Le numéro que vous pouvez demander s'est harponné une nouvelle torturée du calfouette, une nouvelle azimutée du thermolactyl !

Ahurissant comme Victoire attire les cas sociaux. Un parfum spécial, peut-être ?... Cette fille, on la baignerait dans un bras de l'Amazone, en quinze secondes, elle se retrouverait déchiquetée par les piranhas, pompée par les sangsues, cloquée par los mosquitos, déglutie par les anacondas.

Et moi là-dedans ? Je rentre, je suis fatigué, j'ai faim, je n'ai pas forcément le moral, j'ai besoin d'un bon bain, j'ai envie qu'on me câline, qu'on s'intéresse à moi.

Je suis le croisé qui rentre de croisade, l'ouvrier de l'usine, le pâtre de l'alpage, le charbonnier du charbon.

— Victoiiiiiiire !

— Oui, Darling ?

— Occupe-toi de moi, merde !

— Oui, Darling. Bon, mon cocotte, tu m'excuses mais Albert est entré et il s'impatiente. Oui, oui, tu as raison, tous les mêmes... Bon, enfin, fais ce que je t'ai dite et tu me rappelles demain. Non, pas trop tôt, Albert aime bien dormir le matin. Allez, tu vas voir, toute va repartir comme sur les roulettes. Mais non, mais non, ce n'est rien.

Ouf! Ça y est! Enfin! Victoire repose le monstre sur son combiné et s'approche en souriant, lascive et l'air innocent. Comme si de rien n'était. Et moi, pauvre con, je fonds. Elle se blottit dans mes bras. Je caresse ses cheveux, sa nuque, respire son parfum – Chanel nº 5, quand même – et souris aux anges.

Sept ans que cela dure et c'est toujours aussi chouette.

– Qui était-ce? je demande.

– Une nouvelle! Une cas passionnante! Je vais aller te faire couler ta bain et je te raconterai, tu veux?

Le bain, chaque jour, vers cette heure, est l'un des moments privilégiés de notre journée. Tandis que, dans l'eau tiède et mousseuse, je me débarrasse des scories quotidiennes, Victoire, assise en lotus sur la moquette, me raconte ses journées. Ses virées chez les brocanteurs de la porte de Montreuil, sa bande dessinée qui n'avance toujours pas, son Encyclopédie des poètes de langue celtique toujours bloquée à la lettre A, la gravure de Rodin qui a été retirée de la vente à Drouot et qu'elle a failli acheter mais sans doute était-ce un faux sinon il y aurait eu des enchérisseurs et... les malheurs de ses copines.

Surtout, les malheurs de ses copines.

– Albert, ça y est! Ta bain est prête!

– J'arrive!

Finalement, après tout, peut-être ai-je médit. Victoire m'assure bel et bien le service First. Mieux que sur Japan Air Lines.

Je suis à mi-chemin entre le salon et la salle de bains lorsque le téléphone fait à nouveau entendre sa sonnerie.

– Je la prends ! me crie Victoire depuis la chambre, et elle décroche.

Là, exceptionnellement, quand elle dit : « Je la prends », elle ne fait aucune faute de syntaxe. Elle sait qu'il y aura une correspondante au bout du fil. Mes copains ont définitivement renoncé. Ils m'envoient des télégrammes.

Je suis depuis dix minutes dans ma mousse lorsque Victoire pointe enfin son nez dans la salle de bains.

– Ah ! Ce n'est pas trop tôt !

– C'est que... je suis toujours dans la ligne, s'excuse Victoire. Mais je n'en ai plus pour longtemps.

– Qu'est-ce que c'est encore ? J'en ai ras-la-caisse de tes copines.

– Je sais, mon chéri, je sais. Mais cette fois, c'est un peu grave.

– Grave ?

– Oui, c'est Béatrice qui m'appelle et...

– Ah ! Elle s'est encore suicidée ?

– Non, mais justement, elle veut le faire.

– Bon, eh ben, qu'elle le fasse une bonne fois pour toutes...

– Albert !

– Dix minutes ! Pas une de plus. Je te donne dix minutes et après tu viens parler avec moi.

– Un quart d'heure, Albert, un quart d'heure. J'ai besoin de cela. C'est quand même un tentatif de suicide.

– D'accord. Mais pas plus.

Après tout, ne soyons pas chien. Un petit quart d'heure pour sauver une âme, ça ne se discute pas. D'autant que Béatrice de Manitout, si elle est con comme un parapluie, possède, reconnaissons-le, un cul absolument admirable.

Quand j'ai rencontré Victoire à Cannes, voilà sept ans, j'étais ce qu'il est convenu d'appeler un homme à la mode. Directeur de création, je travaillais dans une agence de pub et inventais des formules idiotes qui faisaient mouche à chaque fois. « La dinde, c'est dingue ! » c'est moi. « Mieux vaut une petite claque qu'un grand cloaque », acheté à prix d'or par le ministère de l'Éducation nationale au lendemain de manifestations estudiantines un peu brutalement réprimées, c'est encore moi. Et « Ne faites pas l'âne, mangez du cheval ! », c'est toujours moi.

Passionné de cinéma, j'avais à l'époque convaincu le P.-D. G. des Pesticides Krakolilewski de débaptiser sa firme pour l'appeler plus poétiquement « Marilyn, le cauchemar des herbes malines », tout en organisant dans le même temps et avec le *Parisien Libéré* un grand concours d'érudition cinématographique doté, pour premier prix, d'un séjour à Cannes au Carlton pendant la durée du Festival. J'escortais donc nos deux brillants vainqueurs, M. et Mme Gaston Palambleau, retraités SNCF à Laroche-Migennes.

Victoire, elle, avait quitté ses brumes d'Edimbourg pour venir présenter dans le cadre de « Perspectives » le moyen métrage punko-scottisho-pakistanais « Seringoïnowoman » entièrement tourné dans les docks de Glasgow, dont elle était la star et qui narrait la déchéance d'une infirmière devenue héroïnomane à la suite d'une tragique erreur de manipulation de seringues.

Film à petit budget et idées courtes qui fit un flop d'autant plus discret que le même soir on présentait sur la Croisette le nouveau Francis Ford Coppola. Seule, Vicky se sortit à peu près saine et sauve du naufrage. Sa beauté, sa fraîcheur, son humour et le petit refrain nostalgique qu'elle fredonnait a capella sur les images du générique de fin retinrent l'attention des médias d'avant-garde. Elle devint la coqueluche du Festival.

Je fis sa connaissance deux jours plus tard à l'occasion d'un cocktail donné à bord du yacht affrété par la Gaumont dans le Vieux Port. J'y étais venu pour escorter mes Palambleau qui ne voulaient rien rater. Elle s'y trouvait, invitée de la dernière heure, entourée d'une meute de dragueurs se disant tous appartenir aux *Cahiers du Cinéma*.

Il paraît que les coups de foudre genre Paul et Virginie, Tristan et Iseult, Roméo y Juliet Cedros de Luxe nº 3, n'existent que dans les romans. Faux ! Archi-faux ! Il ne nous fallut qu'un regard, un seul, à Victoire et à moi, pour savoir que l'inéluctable venait de se mettre en route.

Elle était accoudée à la rambarde, dos aux flots bleus, une coupe de Clicquot à la main, répondant avec un ennui distingué aux questions oiseuses de sa petite cour.

La première chose qui me frappa chez elle fut cet étrange « Revenge !![1] » gravé dans la peau bronzée de son épaule mise en valeur par un sweat-shirt jaune à manches longues, décoré du sigle *Jazz Hot*.

La seconde, furent ses yeux.

Ils me fixaient, me souriaient, m'interpellaient, m'appelaient. J'abandonnai dans la seconde les Palambleau devant leur niçoise pour me frayer un chemin en sa direction.

— Combien mesurez-vous ? lui demandai-je, à peine arrivé à sa hauteur.

Je suis plutôt beau garçon mais malheureusement pas très grand. Un peu comme Robert Redford, quoi. À l'un comme à l'autre, il manque cinq centimètres. Aussi, lorsque je drague, m'enquiers-je toujours de la taille de l'éventuelle impétrante.

Victoire me dévisagea en souriant.

— Five feet and two inches. Is it all right[2] ?

— Absolutely perfect ! Nous dînons ensemble ce soir, OK ?

— Dites donc ! Vous, vous êtes un rapide !... Moi, c'est Victoire. Et vous ?

— Albert.

Le soir, nous nous retrouvâmes au Maschou, dans le Vieux Cannes. Idyllique et merveilleuse soirée. Bavardant comme si nous nous connaissions depuis toujours, riant des mêmes bêtises, soupirant aux mêmes silences.

1. « Vengeance ! »
2. Un mètre soixante-neuf, est-ce que ça va ?

Je sortais d'une catastrophe sentimentale, Victoire aussi. J'en avais bavé, Victoire aussi. La seule différence étant que je n'avais pas jugé bon de faire insérer sous ma peau à l'encre de Chine un éventuel désir de vengeance.

— Oh! j'ai fait un grosse connerie ce jour-là, m'avoua Victoire en éclatant de rire. J'étais tellement furaxieuse d'avoir été plaquée que je suis allée me faire tatouer ça dans Carnaby Street. Enfin, ça et l'autre!

— Ah bon? Parce qu'il y en a un autre?

— Oui, me répondit Victoire en relevant la manche gauche de son sweat-shirt afin de me permettre de lire l'inscription gravée à la pointe fine dans la chair fragile de son avant-bras : « Charles was my hope, then Diana came! Revenge[1]! » Et Victoire de m'expliquer qu'elle figura longtemps sur la liste des fiancées éventuelles du futur roi d'Angleterre et qu'elle avait fini par y prendre goût, étant donné les ristournes insensées que lui consentaient à ce titre les couturiers de Regent Street. Jusqu'à ce jour fatal où surgit, pleine piste, l'outsider de la dernière heure, Lady Di.

En quittant le Maschou, nous allâmes prendre un dernier verre au Whisky à Gogo et dansâmes, tendrement enlacés au milieu d'une foule de jerkeurs beurrés sur « Allô Papa Tango Charlie », le tube du moment. Mort Shuman pleurait après celle qu'il avait perdue, je venais de trouver celle qui allait me perdre.

À 3 heures du matin, je la ramenai à son

1. « Charles était mon espoir lorsque Diana survint! Vengeance! »

hôtel. À peine étions-nous arrivés rue d'Antibes devant le Century que Victoire sautait de la Méhari et venait m'embrasser furtivement sur les lèvres.

– Bye Albert ! Ce fut un soirée formidable !

Puis elle rentra dans son hôtel en courant.

Avec le pot qui m'a toujours caractérisé, j'étais tombé sur la seule fille qui, à Cannes, ne couchât pas le premier soir.

Aujourd'hui encore, sept ans après, je continue d'en remercier le Seigneur.

Le lendemain matin, Victoire s'était volatilisée. Le concierge du Century finit en voyant le billet de cent francs par se souvenir qu'il lui avait commandé un taxi pour l'aéroport de Nice.

Elle avait pris le Boeing à destination de Madrid.

Et réapparut le lendemain soir. J'avais envoyé paître les Palambleau et me morfondais dans ma chambre du Carlton lorsque la réception m'avisa qu'elle y montait.

Dix minutes après, nous faisions l'amour. Avec retenue. Avec pudeur. Comme pour ne pas nous blesser. À la recherche craintive l'un de l'autre.

Les choses n'allaient véritablement se précipiter que le surlendemain, jour de la clôture du Festival. Victoire avait une séance photo au Port Canto. Après avoir casé mes Palambleau sur la vedette qui faisait les îles, je courus l'y rejoindre, arrivant juste à temps pour entendre le photographe lui réclamer le dégrafage de son corsage, vu qu'il n'avait pas de temps à perdre avec une mijaurée et que les seules photos de Cannes qui se vendaient étaient celles des starlettes à poil.

J'empêchai in extremis Vicky d'expédier son talon aiguille dans les joyeuses du ringard et, après lui avoir poliment – on n'est pas des bêtes – retiré son Canon, me chargeai moi-même de l'expédier d'un direct du droit dans le bassin des voiliers à fond plat. Température de l'eau : 17º. Mer, calme à peu agitée. Vent de sud-est, force Un.

Puis, j'empoignai Victoire par le coude, l'installai dans ma Méhari de location ornée d'autocollants « Marilyn, le cauchemar des herbes malines » et, avant même que nous n'ayons atteint le Carlton, je l'avais demandée en mariage.

Elle accepta, la chienne !

Et consentit alors seulement à m'expliquer sa fugue de l'avant-veille. Elle avait une vieille histoire qui traînassait avec un diplomate danois en poste à Madrid et s'en était allée lui restituer une bague plus ou moins de fiançailles afin de me faire place nette.

– Mais comment savais-tu que j'allais te demander en mariage ? l'interrogeai-je, un peu perplexe.

– C'était écrit, Albert. C'était inscrit dans les astres, fut sa réponse.

Autrement dit, j'étais tombé sur une sinoque.

Au terme d'un quart d'heure de coiffeur, Victoire vient me rejoindre, s'installe dos au mur dans sa position favorite et soupire qu'elle n'en peut plus, mais vraiment plus.

Du coup, j'embraye.

– C'est normal, Victoire, c'est normal. Tu vas finir par tomber malade. Elles sont toutes là à te sucer le sang ces demeurées, ces phagocyteuses, ces enzymes gloutonnes...

– Albert, je ne veux pas que tu parles de ce façon de mes amies. Est-ce que tu m'as déjà entendu parler ainsi de tes copains ?

– Mes copains, ils ne sont pas dans notre lit, notre frigo, notre chaîne compact, nos pompes. Ils sont discrets, mes copains. Ils n'appellent pas à n'importe quelle heure de la nuit. Et puis, ils sont normaux, nor-maux, Victoire ! Ils baisent, ils bouffent, ils boivent, ils bossent. Ils ne passent pas leurs journées à se regarder le zigounet et le matin, pour chier, ils n'ont pas besoin de suppositoire !

– Bon, ben, les filles c'est différente et pouis c'est tout.

Allez pof ! Victoire boude. J'ai poussé le bouchon trop loin. La salle de bains devient silencieuse. On attend ma marche arrière. Bof ! La vie, comme la mort, n'est-elle pas faite de concessions ?

– Bien. Je regrette. Je présente mes excuses.

Bide. Ça boude toujours du côté d'Édimbourg. Touche pas à ma pote. Il faut que j'en rajoute une pincée. Et si, pour ma défense, je choisissais l'attaque ?

– Tu comprends Victoire, à la fin, je suis malheureux. À force de ne plus t'occuper que de tes copines, tu m'oublies, tu ne sais même plus que j'existe. Tiens, cela doit faire pas loin d'un mois que nous n'avons pas...

– Albert ! Une fois pour toutes, je ne fais pas l'amour sur commande ! Mes ovaires ne sont pas programmables ! Ça ne marche pas au télécommande ces troucs ! Je fais l'amour quand j'en ai envie. Et, en cette moment...

– En cette moment ?

– Je n'ai pas envie, c'est tout. J'ai ma tête qui pense à des choses autres.

– Oui, c'est bien ce que je disais. Tes copines.

– Oui, peut-être, mes copines. Ce doit être les planètes. Tout le monde, il est déboussolé en ce moment. Personne ne fait plus l'amour.

– Tu dis vraiment n'importe quoi, ma pauvre. Je puis t'affirmer qu'à part tes copines, tout le monde baise normalement en France en ce moment. Arrête de faire du mimétisme négatif. Choisis-toi d'autres modèles. Et puis, arrête un peu de te porter au secours de l'humanité tout entière. Ce ne sont pas les Écossais qui ont brûlé Jeanne d'Arc, ce sont les Anglais !

– Oui, mais on était OK avec eux.

Ça y est, elle me sourit. L'orage est passé.

C'est comme à La Nouvelle-Orléans. Vous êtes trempé jusqu'aux os et sec la seconde d'après. Je lui demande de me faire le récit des derniers malheurs en date. D'abord Béatrice de Manitout, ensuite la nouvelle.

Béatrice, c'est le scénario habituel. Elle vient de changer à nouveau de gynéco et se retrouve donc follement amoureuse. Mais il y a pépin, le mandarin résiste. Il conserve un air blasé et ses gants de caoutchouc pendant les examens intimes et fait comme s'il n'entendait pas les soupirs pâmés de sa patiente. Or cela, la Manitout ne le tolère pas. Les gynécos, c'est son truc. Vieille résurgence, d'après son analyste, d'une passion muette et coupable pour un médecin solognot qui la soigna dans sa tendre enfance. Béatrice de Manitout collectionne les gynécos comme d'autres les étiquettes de boîtes de Pont-l'Évêque. Un seul qui lui résiste et ce sont les 3 V. Valium plus Vodka plus Victoire. Dans un ordre indéterminé.

Soit, elle commence à la vodka et dès qu'elle est bien faite appelle Victoire pour lui annoncer qu'elle va prendre ses Valium; soit, elle fait le prélude au Valium et menace de poursuivre à la vodka.

Nous ne nous déplaçons que lorsqu'elle a déjà absorbé les deux. Victoire possède la clé de son duplex à Neuilly et tous les toubibs de sos Médecins ont déposé à leur compte un chèque signé de mes blanches mains.

Béatrice rembourse toujours.

Aujourd'hui donc, simple petite alerte. Béatrice n'en était qu'aux amuse-gueule. Victoire l'a convaincue de faire encore une tentative avec le gynéco récalcitrant et n'a raccroché qu'après l'avoir entendue vider le reste de la vodka dans les géraniums du balcon.

Qui ont l'habitude.

On peut ainsi passer au second cas.

— Et la nouvelle ? D'où elle sort ?

— C'est Dominique qui lui a donné mon numéro.

— Ah bon ! Encore une gouine ?

— Pas du tout, pas du tout. C'est une femme tout à fait normale mais très malheureux.

— Zeu.

— Quoi ?

— Malheureu-zeu. Fais un effort, Victoire.

— Oui, oui. Si tu m'interromps tout le temps, je ne peux pas me concentrer. Son mari ne la touche plus. Ils n'ont pas faite l'amour depuis quatre mois.

— Pourquoi ?

— Je ne sais pas.

Ah non ? Eh bien, moi, je sais. Les types ne font plus l'amour à leurs femmes quand celles-ci ne font plus rien pour les y aider. Quand elles font mine de croire que l'on est encore sous Pompidou alors qu'il n'y a plus d'argent nulle part, qu'il y a trois millions de chômdus, les sortis de l'Université qui pressent d'un côté et les P.-D.G. de 90 balais qui ne veulent pas dételer. Les mecs, le soir, quand ils rentrent chez eux, ils aimeraient trouver une femme en nuisette de chez Élodie qui ait réussi à se faire faire les racines et à cuire un gigot des Alpilles sans avoir été pour autant piquer le dernier billet de 500 francs planqué dans la pochette du 45t d'Astrud Gilberto et qui devait servir depuis trois mois à payer les étrennes de la gardienne et la Barbie de la gosse.

À quoi Victoire me répond que les mecs à leur boulot, ils prennent quand même trois heures pour aller déjeuner chez Ledoyen, qu'ils ont toujours le temps d'aller sauter leur secrétaire au Novotel-Bagnolet et que, quand ils rentrent le soir, épuisés et de mauvaise humeur, leurs légitimes n'ont pas forcément envie de leur sauter au paf.

Et pof ! Dans l' pif !

À moi de bouder un brin.

— Et tu me mets dans ce panier ?

— Non, Albert. Je t'aime et tu le sais. Simplement, j'ai une passage difficile. Je vais avoir trente ans bientôt. Je crois que ça me panique un petit peu sur le bord. À moins que ce n'est mes hormones. Edmée dit que c'est mes hormones. Mais de toute façon, Albert, nous sommes les plus fortes toi et moi puisque l'on s'aime. Et que nous sommes des complices. Alors que mes copines se retrouvent toutes seules. Elles ont de la tendresse mais plous personne pour la partager. Tu comprends ?

Je ne sais pas si je comprends mais je décide de hisser le drapeau blanc.

— Tu as raison, lui dis-je en souriant. À part ça, qu'est-ce qu'on bouffe ce soir ?

— Oh ! Je viens d'appeler Jacques Hesse, le traiteur en triporteur. Il va nous apporter une petite dînette d'amoureuses : homard à l'américaine, foie gras dans la torchon et magnum de Dom Pérignon.

— Victoire ! Tu es folle ou quoi ?

— Non. J'avais envie de faire le fête. C'est tout.

– Mais c'est de la folie ! Moi, je ne peux plus suivre !

– Bof, Albert ! Après nous, la déluge…

Et elle se lève. M'annonce qu'elle va mettre le couvert. Le grand jeu. Nappe en dentelle d'Écosse. Couverts en vermeil et assiettes de la Manufacture de Sèvres.

Au moment de me quitter, elle se frappe le front.

– Oh, Albert ! J'allais oublier de te dire. Marie-Rose dîne avec nous ce soir.

– Quouaaaaaah ?

– Oui, oui.

– Noooooon ! Je ne veux pas ! Pas Marie-Rose ! Elle est moche, elle pue de la gueule, elle a des boutons ! Non ! Pas Marie-Rose ! Une autre, si tu veux, mais pas celle-là.

– Albert, elle est malheureuzeu !

Et voilà ! Le mot Sésame vient d'être lâché une fois de plus. Malheureuse ! L'Internationale des Pas Baisées a encore lancé un sos et la seule radio-amateur à avoir capté le message parti dans l'ozone est bien évidemment Victoire. La petite soirée en amoureux va se transformer en show de bienfaisance. Manquent que Chazot et Caroline de Monaco. Help ! Marie-Rose est malheureuse, Albert n'a plus qu'à jouer les Samu et partager son homard et son foie gras. Pourquoi pas son lit en prime, bordel ?

– J'en ai marre, plus que marre ! lâché-je.

– Ne fais pas ta tête de boudin, Albert. Marie-Rose m'a prometté qu'elle ne resterait pas tard.

Rageur, teigneux, j'enfonce ma tête dans l'eau tiède pour ne plus rien entendre.

Seulement voilà, comme la baignoire est de

taille standard, en m'enfonçant dans les vagues, je condamne par le fait une autre partie de mon individu à saillir hors des flots.

Et alors là, comme quoi, primo souvent femme varie, deuxio, il suffit de peu de chose, Victoire qui s'en allait revient sur ses pas, considère l'objet avec une mine intéressée, le titille du bout de l'ongle, obtient rapide confirmation qu'il est vivant, éclate de rire, fait valser son tee-shirt au-dessus de sa tête et me rejoint dans la baignoire qui, d'indignation, en déborde.

Et ça devient en quelques secondes Hiroshima, l'Etna en colère, Nagasaki. Oubliées les copines, passées à la moulinette les hormones. Juste un couple qui s'aime et se retrouve avec une sauvagerie gourmande. Si Debré voyait ça, il bicherait comme un fou.

Nous sommes en pleine ascension lorsque la sonnerie de la porte se fait entendre. Pétrification du couple. Pompéi.

— C'est quoi ? je halète, la bouche à demi pleine d'eau savonneuse.

— Ce doit être le traiteur qui apporte la homard !

— Bon, ben, vas-y, je t'attends.

Victoire saute hors du bain, enfile son peignoir de chez Dior et court ouvrir. Deux minutes plus tard, elle est à nouveau à mes côtés et nous reprenons là où nous en étions restés. Très vite, la fièvre remonte à El Paso.

Nouveau coup de sonnette. Nouvelle pétrification.

— C'est quoi, cette fois ? je tempête tout comme l'eau de la baignoire.

— Ben... Euh, ce doit être Marie-Rose ! Je

l'avais complètement oubliée, celle-là, me dit Victoire, et elle se met à hurler de rire.

Dans certaines positions, ça peut faire mal.

– J'en ai rien à foutre ! Laisse-la sonner ta Marie-Rose ! On continue !

Mais quelque part, le charme est rompu. Et l'autre qui laisse son doigt appuyé sur la sonnette. Victoire se dégage et me plante dans les eaux en fureur. Au moment de passer la porte, elle se retourne.

– Reste planqué dans la bain. Je vais bien trouver un trouc pour te rejoindre. Albert, Albert, ne mollis pas, je t'aime mais ma copine est malheureuzeu.

Et moi, bordel ? Je ne suis pas malheureux, peut-être ? Le coïtus interruptus, ça laisse des traces, non ?

Enfermé dans la salle de bains, j'entends la porte d'entrée qui s'ouvre et l'autre salope qui investit mon lieu.

– Ouh là là, Victoire ! Est-ce que j'arriverais trop tôt par hasard ?

– Mais non, mais non, ma chérie. Je prenais ma bain mais j'avais tout juste fini.

Tu parles !

– Et ton bonhomme ? Il n'est pas encore rentré ?... Ah, c'est super ! Au moins, on va pouvoir un peu rigoler avant qu'il n'arrive.

Tiens donc ! Je croyais qu'elle était malheureuse, Marie-Rose.

– Dis donc, Victoire, si on en profitait pour vider cet admirable porto 1937 qu'il planque dans sa discothèque.

– Non, il l'aime tellement, proteste faiblement Victoire, mais l'autre insiste, juste un petit verre, et s'il arrive, on dira que c'est du Martini.

Je finis par faire comme elles et me marrer.

Dix minutes plus tard, Victoire déboule en catastrophe dans la salle de bains, se débarrasse du peignoir et plonge pour la troisième fois à mes côtés.

— Vite, vite Albert !

— Mais enfin...

— Tais-toi, Albert. Chut ! Chut ! J'ai dite à Marie-Rose que je retournais me laver les cheveux en toute vitesse. Alors, faites couler le robinette pour couvrir la bruit et on finit ce qu'on avait commencé.

Scandalisé, je vais pour protester, on n'est pas des chiens après tout, mais l'on n'est pas non plus toujours maître de soi chez soi : le bas de mon individu salue déjà les couleurs. Il n'y a plus qu'à.

Faire l'amour, debout dans une baignoire, ce peut être génial.

À condition que le robinet qui coule sur vos mollets soit bien réglé et ne passe pas de tiède à bouillant.

À condition que le savon n'aille pas se glisser sous la plante de vos pieds.

Et à condition que la copine de votre femme ne fasse pas irruption, tel un typhon, sur le lieu du crime, toutes jupes relevées, en expliquant qu'elle vient « vite faire pipi pour discuter un brin pendant que tu te shampouines ».

Marie-Rose est tout ce que l'on veut, sauf méchante. Bonne poire, crédule et naïve, elle est destinée à se faire rouler dans la farine jusqu'à son dernier soupir. Déjà toute petite, elle devait se faire racketter sa crème anglaise à la cantine de la communale et les satyres du square des Batignolles devaient adorer lui montrer leurs vieux zizis tout ridés.

Résignée, Marie-Rose a pris pour habitude de compenser en bouffant du chocolat. Comme d'autres absorbent des neuroleptiques. La seule différence étant que le chocolat, lui, reste sur les hanches.

Marie-Rose est énorme. Il y a des hommes pour aimer ça. Elle s'en dénicha même un, alors qu'elle croisait vers le cap des trente balais, pour lui enlever sa fleur. Son forfait accompli, le salaud la plaqua en lui expliquant qu'elle était décidément trop grosse.

Depuis, Marie-Rose est au régime. Mais ce n'est jamais le même. Pamplemousse, thalasso, Michel Oliver, ananas, protéines, Cambuzat, lipides, coupe-faim, steak-salade, Weight Watcher, œuf dur, elle essaye tout. Et, au contraire de ses graisses, ne se fixe jamais.

Le sexe la passionne. Elle ne peut s'en passer. Dès qu'elle a réussi à perdre dix kilos, elle se met en chasse et se trouve un coquin. Mais comme faire l'amour lui donne la fringale, elle se réconforte au cacao de régime et réintègre rapidement son infernal tour de taille. À force de passer ainsi sans cesse du 89 kilos toute nue au 79 tout habillée et retour dans la quinzaine, sa peau s'est détendue, le double menton reste là même quand il est parti et la silhouette est condamnée. C'est d'autant plus dommage que les traits de son visage sont d'une extrême finesse ct que Marie-Rose eût pu être jolie.

En tout cas, ce soir où il y a homard et foie gras, notre invitée n'est visiblement pas en phase de régime mais plutôt de boulimie compensatrice. Son Jules, nous explique-t-elle, vient de la quitter après s'être retrouvé les deux mains coincées dans ses poignées d'amour. Du coup, Marie-Rose compense en bâfrant. Et en en voulant à la terre entière.

— Les hommes, Albert, sont tous des salauds ! Tous ! Dès que vous avez obtenu ce qui vous faisait tirer la langue, vous nous laissez choir.

— Il va peut-être revenir, hasarde Vick.

— Peuh ! Ça m'étonnerait ! Il m'a piqué le petit Utrillo que j'avais accroché dans l'entrée. Un vrai ! Je l'avais fait expertiser.

— Ah ça, Marie-Rose, vous devriez en aviser la police, je suggère tout en décortiquant mon malheureux homard pêché dans les eaux bretonnes.

— Je ne connais même pas son nom, soupire Marie-Rose. Tout juste son prénom. Ferdinand.

– Mais vous avez bien son téléphone, ses coordonnées, enfin quelque chose ?

– Albert, vous m'excuserez. Personnellement, quand je me drague un coquin, je ne lui réclame pas ses papiers. Chacun sa méthode, vous me direz.

– Mais tu te l'es alpagué où cette salaud ? intervient Victoire.

– À la Maison de la Chimie.

– À un congrès ?

– Non, à un mariage.

Insensé ce que les chimistes peuvent convoler. Il y a toujours un mariage à la Maison de la Chimie.

– Eh bien, chère Marie-Rose, ce sera un jeu d'enfant de retrouver sa trace par le ou la mariée. Il y a forcément l'un des deux qui l'aura invité votre Ferdinand, non ?

– Non !

Elle est déjà soûle ou quoi ?

– Non. Il faisait comme moi. Le buffet. Avec un doggie-bag. Lui comme moi n'étions pas invités. C'est ce qui nous a poussés l'un vers l'autre.

– Et qu'est-ce que tu avais fabricationné pour aller à cette mariage qui n'était rien pour toi ?

– Ben, rien de spécial, Victoire. Je me fais mes dix à douze mariages par semaine depuis belle lurette. Comment tu crois qu'elles survivent aujourd'hui les femmes seules ?

– Et comment tu rentres, Marie-Rose, comment tu rentres ?

– Mais la Maison de la Chimie ce n'est pas l'Élysée, Victoire. Il te suffit d'être un peu élégante, de te pointer avec un bristol, n'importe quel bristol, à la main, de saluer tout le monde à l'entrée et chacun pense que tu as été invitée par le clan d'en face. La seule précaution à prendre évidemment étant d'éviter de se trouver nez à nez avec les deux mariés en même temps. Mais je vous assure, c'est enfantin. On est d'ailleurs plein à le faire. Par contre, j'ai définitivement laissé tomber les vernissages. Il n'y a que des cacahuètes et du gros rouge qui tache.

— Et les maîtres d'hôtel ? Depuis le temps, ils doivent bien avoir fini par vous repérer ?

— Tous des potes ! Parfois même, je leur embarque une bouteille de champ' dans mon doggie-bag. Ça crée des liens.

France, pays de liberté, patrie du système D.

— Et votre… hum, votre fiancé faisait donc la même chose ?

— Ferdinand ? Exactement. Je l'avais déjà repéré à un mariage ou deux mais je n'avais jamais osé lui parler. Pensez ! Une telle prestance ! On dirait un acteur anglais d'Hollywood. Et là, ce jour-là, c'est lui qui est venu vers moi en me souriant. Sniff !

Et nous voilà partis pour les Grandes Eaux. Une larme pour l'infidèle. Reviens, veux-tu ? Ne me quitte pas.

Le homard à la lacrymale, franchement, ce n'est pas mon truc. Discrètement, je repousse ma pince enfin extraite de sa carapace et éclaboussée par les pleurs de Marie-Rose. Qui s'en empare in petto en me souriant à travers ses yeux embués, tandis que Victoire continue de se passionner pour le mystérieux séducteur.

— Tu dois bien savoir où il crèche ton Don Juan, Marie-Rose. Tu ne vas quand même pas me dire que vous avez dormi sous le pont du Lézard ?

— Le pont des Arts, chérie, le pont des Arts.

— C'est qu'il s'est installé chez moi dès le premier soir, tu vois. Je n'ai jamais éprouvé le besoin d'aller chez lui ou de savoir qui il était. J'ai toujours aimé le mystère.

— C'est ce qui vous perdra, chère Marie-Rose, wouaff, wouaff.

Finalement, je me sens cool. Le Dom Pérignon, peut-être. Et puis, Victoire. Avec ses mystères, son cœur sur la main, ses grands yeux en amande, ce corps souple et félin qui s'est si joliment donné tout à l'heure. Et cette Marie-Rose, si fragile, si paumée dans ses kilos compensateurs.

— Et alors ? Qu'est-ce qu'il s'est passé avec ton Ferdinand ?

— On a connu huit jours de bonheur fou. On faisait l'amour avant chaque repas. Et après aussi.

Ouh là ! Que les hommes se découvrent quand ils croiseront ce Ferdinand.

— Et puis, voilà deux jours, il s'est volatilisé. Je crois qu'il avait un peu paniqué parce qu'il s'était coincé les mains, là, sur mes flancs. Je suis partie faire les courses à la Maison de la Chimie et lorsque je suis revenue, il n'était plus là. Bouh, bouh ! Vous n'auriez pas un Kleenex, j'ai trempé ma serviette de table... Merci, Victoire. Oui, je crois qu'il paniquait un peu parce qu'il me trouvait un peu trop lourde...

— Lourde ?

— Oui, Albert, c'est comme ça. J'adore faire l'amour en étant au-dessus.

Évidemment.

— Le salaud ! Le salaud ! reprend Marie-Rose
en martelant la table avec le casse-noix. Ce n'est
quand même pas ma faute si, quand je suis
heureuse, il faut que je bouffe !

Et quand t'es malheureuse, chérie ?

— Il ne me reste rien de lui, bouh, bouh !

— Même pas un photo ?

— Une photo, Victoire, une photo ? Tiens !
Mais oui, tu m'y fais songer… Bien sûr que j'ai
un portrait de cette ordure ! Dimanche dernier,
il m'a invitée, en autobus, à la Fête des Loges
et il a tiré à la carabine. Vous savez bien, ce
truc idiot, quand on met en plein dans le mille,
ça déclenche une espèce de flash et ça vous
prend en photo. Il était même furax que je
veuille la garder mais, vous pensez, amoureuse
comme j'étais, je n'allais pas la lui rendre ! Elle
doit toujours se trouver au fond de mon sac,
je m'en vais aller la déchirer de ce pas.

— Montre-la-nous avant ! supplie Vick.

Marie-Rose se lève en titubant légèrement.
Les attaches sont restées fines, tout est allé dans
le popotin. Comme chez la Vénus Hottentote.
Elle part dans l'entrée et en revient, munie de
son outil de travail. Un doggie comme celui-là,
elle devrait en vendre les plans à Louis Vuitton.
Des poches partout. Pour planquer les bouteilles,
les cuillères à café, les canapés à la mousse de
canard, les jambons de Virginie désossés puis
reconstitués, les charlottes avec ou sans le coulis.
Inouï ! Gothique !

— Mon Dieu ! J'allais oublier ! Décidément,
où ai-je la tête ? Je vous ai apporté le dessert !

Et Marie-Rose sort de son coffrage un

« Opéra » de chez Christian Constant, à peine cabossé certes, mais sur lequel se sont malencontreusement collés quelques œufs de lump vraisemblablement chouravés à la noce précédente.

Victoire, inquiète, me dévisage puis m'adresse un sourire tendre et complice, visiblement tout étonnée de ne point encore m'avoir vu exploser mais ce soir décidément j'aime tout le monde. Même Marie-Rose.

Qui finit par dénicher le Polaroïd un peu taché et le tend, sniff sniff, à Victoire toute frétillante à l'idée de découvrir enfin le visage du galant.

– Mmmmmh, il est plutôt bel mec ! Dis donc, il a des moustaches comme une guidon de vélo. Quelle classe, Marie-Rose ! Il est quand même peut-être un peu maigre, non ?

– Tu parles ! Un vrai sac d'os ! s'exclame Marie-Rose. D'ailleurs, c'est bien simple, quand nous faisions la bête à deux dos, avec les os de son pelvis, il me faisait carrément des bleus là, aux commissures de l'abdomen.

– On peut voir ? je demande, appâté.

Évidemment, je parle du document photographique mais Marie-Rose pense que j'allusionne à ses bleus et commence de retrousser ses jupons. Horreur et damnation ! Je m'empare de la photo, manu militari, et j'y plonge mon nez. Les dessous marie-rosiens, j'ai déjà donné tout à l'heure, dans ma baignoire.

Et là, brutalement, je sens monter en moi une incoercible envie de hurler de rire : sur la photo, je reconnais la tronche narquoise de mon vieux pote Ferdinand.

– Pas mal, déclaré-je sobrement, et je pars en cata allumer mon dernier Partagas.

Ferdinand, putain ! On n'est pas sortis de l'auberge...

Ferdinand ! Féfé pour les intimes, Ferdinand Roblet de Carcassonne pour les pigeons. Vieux compagnon de galère du lycée Carnot, perdu et retrouvé vingt fois au fil des années. Ferdinand ! Escroc de haut vol, empapaouteur de profession. Roi de la combine avariée, Empereur de l'arnaque à petit budget. Il était inévitable qu'il tombe un jour ou l'autre sur la douce Marie-Rose.

Trente-deux ans à peine, l'air d'en avoir quarante. Tout en longueur. Bacchantes à la Dali, silhouette de don Quichotte de salle Wagram mais de la classe, l'art du baisemain et le quatrain charmeur toujours prêt à fuser. Ferdinand ! Agile comme une couleuvre, rusé comme un chacal, désarmant comme un CRS. Tout juste libéré d'un séjour de deux ans à Fleury-Mérogis pour avoir, au début des années 80, fait trébucher le Tout-Paris qui gazouille dans les arcanes de la Bourse.

Fils d'une grande famille, vague descendant d'un maréchal d'Empire, diplômé de Sciences-po, deux ans à Harvard, tous les espoirs et puis un jour, le grain de folie, la passion pour le flamb' de haut-vol, soja à Chicago, cuivre au

Zimbabwe, cacao en Côte-d'Ivoire, lingots à Hongkong et café du Brésil. Ferdinand, qui eut sa table chez Maxim's, sa Bentley avec télex, son Chivas chez Castel, sa loge à l'Opéra et qui, aujourd'hui, négocie ses tuyaux bidon sur les hippodromes parisiens auprès des Maghrébins fraîchement débarqués et pas encore mis au courant par leurs cousins de la Goutte-d'Or.

Et voilà que je le retrouve à nouveau sur mon chemin, ci-devant amant et détrousseur de Marie-Rose. Marie-Rose qui me dévisage attentivement.

– Vous le connaissez, Albert ?

– Non, non, pas du tout.

– Ah bon, j'ai cru. Vous avez eu l'air troublé.

– C'est qu'il a l'air sympathique, ma foi.

– C'était un ange ! approuve Marie-Rose. Je ne comprends pas qu'il ait ainsi disparu.

– En te piquant quand même ton Ioutrillo ! rappelle Victoire.

– Mon Utrillo, Victoire. U ! U !

– Iou ! Iou !

– Non, Victoire ! Pas Iou ! U ! U !

Je mets à profit le cours de linguistique pour m'éclipser à la britannique et partir téléphoner depuis notre chambre. À cette heure-là, je sais où pouvoir le dénicher, mon arnaqueur de grosses.

Au Multicolor. Le Multicolor de l'académie de billard de Sébastopol. Le cazingue blues des paumés de la nuit. Le rendez-vous des chauffeurs de taxi cambodgiens, des macs de Barbès, des derniers princes russes et des petits truands embourgeoisés du quartier des Ternes. Le Multicolor où les visages sont blêmes, les mains moites et les pertes sèches.

La dame pipi part en renâclant me chercher Ferdinand. Elle sait, comme je le sais, qu'il viendra forcément répondre. Dans sa spécialité, un tuyau, fût-il crevé, peut tomber à n'importe quelle heure du jour ou de la nuit.

– Allô ? J'écoute...

Belle voix de basse, intonation onctueuse, contrôle de soi, Ferdinand Roblet de Carcassonne a incontestablement de beaux restes.

– Féfé ?

– Albert !

– Ça va ?

– Ça va ! Mais dis donc, quel plaisir de t'entendre ! Depuis le temps... Et ça tombe on ne peut mieux que tu m'appelles ce soir. J'ai un tuyau sûr pour la première, demain à Vincennes. Tu mets dix sacs pour moi et je te le refile gratuitement !

– Non, Ferdinand, merci. Tu sais bien que je ne joue jamais et puis de toute façon je n'ai pas véritablement envie de pactiser, tu m'as fait un affront.

– Oh ?

– Tu as fait du tort à une Lady qui m'est chère...

– Victoire ?

Je souris.

– Non, non, pas Victoire. L'une de ses amies.

– Je ne vois vraiment pas.

– Vraiment ? Et si je te dis : Utrillo ?

– Dans la combien ?

Incorrigible, le mec.

– Utrillo, Ferdinand. Le peintre, pas le cheval !

Silence au bout de la ligne. Ferdinand vient de saisir.

– Féfé ? Tu es toujours là ?

– Ouais, ouais. Ben, euh... j'ignorais que Marie-Rose fût de vos amies.

– Ben voilà, je fais. Maintenant, il faut réparer.

Si Victoire pouvait m'entendre en train de jouer les Zorro pour une de ses éclopées, elle s'en irait fissa allumer un cent de cierges à Notre-Dame et rouler une pelle à Quasimodo dans son clocher.

– Et comment serais-je supposé m'y prendre pour réparer ? interroge Féfé du bout des lèvres.

On le croirait en train de prendre un ordre en Bourse, mais je sais bien qu'il doit pétocher un brin. La vente de tuyaux percés aux pigeons des champs de courses, c'est de la petite arnaque de pacotille. Pas de quoi déranger le commandant Barril. Par contre, le décrochage sans autorisation de toiles de maîtres, surtout quand on a déjà son casier, ça doit bien aller chercher dans les trois ou quatre années. Et à Fleury, ce n'est pas Gaston Lenôtre qui tient la cantoche.

– Il faut le rendre, Féfé, il faut le rendre.

– Oh, après tout, je m'en fous ! De toute façon, c'est un faux !

– Un faux ! Comment cela ? Tu es fou ?

– Je te dis que c'est une croûte, ton Utrillo ! J'ai essayé cinq receleurs. Pas un n'a voulu me le prendre. C'est un faux authentique, un massacre notoire, un étron de jument non partante ! Il ne vaut même pas le prix de son cadre !

– Et tu l'as avec toi ?

– Ben, oui. Il est au vestiaire. Enveloppé dans *Paris-Turf*.

– Tu me le rapportes. Maintenant.

– Maintenant, Albert ? Mais tu es givré ! Tu as vu l'heure ?

– Maintenant, j'ai dit. Prends un taxi, je te le rembourserai.

– Bon. Mais c'est juste pour la joie de te revoir.

– D'accord. Et Féfé… Une dernière chose… Je ne voudrais surtout pas me mêler de ce qui ne me regarde pas mais, à mon avis…

– Quoi encore ?

– Si tu enrobes bien la sauce, genre ma chérie, je voulais seulement te faire une surprise en faisant changer le cadre, Marie-Rose sera prête à gober et à te pardonner…

– Ah ! Parce qu'elle est là, la grosse ?

Oh là ! On dirait les Gorbatchev arrivant sur les bords de la Caspienne et apprenant que les Reagan ont loué le bungalow à côté du leur. Et puis, Ferdinand se met à réfléchir tout haut.

– Remarque, après tout, je ne sais pas véritablement où dormir ce soir et je viens de me faire éponger au Multi. Ouais, peut-être, cela vaut-il le coup de baliser un brin. Bon, ben, j'arrive. Mais à une condition, Albert, une seule.

– Laquelle ? je soupire.

– Demain à Vincennes, dans la première, tu nous mets dix sacs sur Monet.

– Le peintre ?

– Non. Le cheval !

– Pas question, Ferdinand ! Une fois pour toutes, ces conneries ne m'intéressent pas. Je paye suffisamment d'impôts comme ça.

Je raccroche et retourne au salon. Depuis mon départ, la situation s'est encore détériorée. Le Dom Pérignon a été achevé sans rémission et Marie-Rose est à nouveau en larmes, dans les bras de Victoire. L'heure est venue pour moi de jouer les Bob Gedolf.

— Marie-Rose, dans un quart d'heure, vous aurez recupéré votre Utrillo.

— Albert, ce n'est vraiment pas gentil de vous moquer, proteste l'interpellée en reniflant tandis que Victoire me foudroie du regard, l'air de penser : c'était trop beau, le revoilà tel qu'il est véritablement, salaud, macho, miso.

— Puisque je vous dis que je viens de lui parler à votre Ferdinand. Il y a eu maldonne. Jamais il n'est parti, il voulait simplement vous faire une surprise. D'ailleurs, il vous expliquera tout cela lui-même. Il sera là dans un quart d'heure.

— Je n'en crois pas un mot, Albert. Décidément, vous êtes plus cruel qu'un lynx. Comme tous les hommes, comme tous les hommes, évidemment.

— Eh bien, vous verrez. Cela dit et sans chercher à interférer, si j'étais à votre place, je crois bien que j'irais me repomponner un brin parce que votre rimmel a creusé des sillons.

— Alors, c'est vraiment vrai, Albert ?

Chancelante, Marie-Rose se lève. Heureuse d'abord, puis très vite suffoquant d'angoisse.

— Mon Dieu ! Avec tout ce que j'ai encore mangé ce soir ! J'ai dû prendre un kilo ! Tu vois, Victoire, je n'aurais pas dû finir cet « Opéra » ! Il va me haïr ! Il va s'enfuir en me retrouvant !

— Alors, dans cette cas, c'est très simple,

tranche Victoire, il faut vite que tu te dégobilles !
Fonce dans la salle de bains et mets-toi une
doigt au fond de la gorge !

Et l'autre y va !

Voilà pourquoi je ne comprendrai jamais rien
aux femmes. On lui dit d'aller dégobiller et elle
y court. Et si on avait ouvert la fenêtre ? Elle
aurait sauté ?

Je ne suis pas au bout de mes peines pour
autant. Victoire me regarde avec les yeux de
l'amour. Comme elle ne l'a plus fait depuis
longtemps. Dame ! Je viens de voler en preux
chevalier au secours de l'une de ses patientes.
Cela mérite récompense. Immédiate !

Aguicheuse, elle vient s'enrouler autour de
moi et me roule une pelle.

Un quart d'heure plus tard, Ferdinand Roblet de Carcassonne se présente à l'huis. Pantalon tirebouchonné, chemise bleu pétrole décorée de petits galopeurs verts et jaunes, cravate mauve surchargée de fers à cheval, veste anciennement très belle et pompes en lézard dont une percée à son extrémité sud.

Victoire ne pipe pas. Quand on a figuré parmi les prétendantes à la gestion du trône d'Angleterre, on sait se tenir en toutes circonstances. Elle invite donc Féfé, son Utrillo sous le bras, à pénétrer dans le salon. « Je n'en ferai rien. Après vous, Chère Mâdâme... » répond celui-ci, courbé en deux comme s'il cherchait des louis d'or sur la moquette et Victoire paraît déjà aux trois quarts conquise. Quant à Marie-Rose, elle trépigne de joie sur place, s'empoigne son Féfé tout maigre, se le plaque contre elle, gémit un brin lorsque le pelvis de l'impétrant vient frapper de plein fouet ses bleus à l'abdomen et finit par lui rouler une pelle sauvage. Clark Gable-Vivien Leigh enterrés !

– Marie-Rose, ma douce, vous avez bu ?

– Non, mon Ferdinand, je me suis juste parfumé la cavité buccale à l'eau de rose.

– J'aime autant, répond Féfé, tout en s'affaissant dans le sofa après s'en être allé saucer les assiettes encore sur la table et avoir accepté la biscotte au beurre de cacahuètes que lui propose Victoire.

Puis, tout en faisant craquer ses jointures, le voilà qui se lance ex abrupto dans une sombre explication embrouillée de laquelle il appert que s'il a subtilisé l'Utrillo, le vilain coquin farceur, tout juste était-ce pour aller le faire revêtir d'un cadre plus digne de sa beauté intrinsèque et néanmoins montmartroise mais qu'il a finalement renoncé à son projet après que tous les recel… pardon, tous les experts consultés lui eurent annoncé qu'il s'agissait d'un faux. Grotesque ! tranche Marie-Rose, scandalisée; d'ailleurs, j'ai le certificat à la maison. Ah ça, j'aimerais bien le voir ! répond Féfé. Qu'à cela ne tienne, minaude Marie-Rose, et les voilà qui, après nous avoir fort civilement salués, taillent la piste à main gauche.

– Il faudra venir dîner l'un de ces soirs à la maison, suggère Ferdinand, toujours civil, à Victoire.

– Avec plaisir, répond celle-ci. Attendons peut-être qu'il y ait vraiment une très belle mariage chez la Maison des Chimistes.

À peine a-t-elle refermé la porte qu'elle se plie en deux de rire.

– Quelle est cette type étrange au goût venu d'ailleurs ? me demande-t-elle sans arriver à reprendre son sérieux.

Bonne question.

– C'est un… Euh… une sorte d'agent de change, un genre de grand financier si tu veux.

– Un commis d'État ?

– Oui. Oui, pourquoi pas ?

– À la City, habillé comme cela, il ferait un bonheur.

– Un malheur ! On dit un malheur, Victoire.

– C'est la même chose, chéri. Mais dis donc, j'ai une idée.

Ciel ! Le pire n'était donc pas encore arrivé. Je la sens venir. Je sais ce qu'elle va me proposer. Seigneur, ayez pitié !

– Si... Si on lui confiait tous nos économies ?

– Jamais ! Il n'en est pas question !

– Mais pourquoi, Albert ? C'est ton copain, non ?

– Oui, enfin bon, je le vois comme ça, de temps en temps. On était au lycée ensemble, c'est tout. De là à lui confier notre argent, il y a un monde. C'est dangereux, la Bourse, tu sais. Un jour, ça monte, le lendemain, ça redescend.

– Eh bien, lui saura quand il faut vendre et quand il faut racheter. C'est son métier, non ? Je ne sais pas pourquoi, Albert, mais avec cette type, je me sens en confiance.

Il y a des mecs comme ça. Capables de vendre des esquimaux Gervais aux Lapons, du pétrole brut aux Saoudiens et des duffle-coats aux Gabonais. Comment l'expliquer à Victoire sans rajouter que Féfé est en rouge à la Banque de France, interdit dans le département des Bouches-du-Rhône pour avoir fait le « baron » au Casino de Bandol, joueur de bonneteau le samedi après-midi devant chez Tati, qu'il a réussi à vendre la tour Eiffel en petits morceaux à des Japonais naïfs, loue régulièrement le Petit Trianon à des Texans voulant marier leur fille unique à la Cour du Roi-Soleil et qu'il n'arrêtera jamais de vivre de la connerie de ses contemporains ?

Heureusement, Victoire décrète soudain qu'elle est fatiguée, que la journée a été assez fertile en rebondissements comme cela, que demain il fera jour et que, tout compte fait, on ne serait finalement pas plus mal au plum'.

— Je pense comme toi, mon amour. Vas-y déjà, je n'ai pas envie de dormir, je vais ranger un peu en m'écoutant un petit Chet Baker ou un Art Pepper. Je viendrai te faire un bisou.

Tout en remettant un peu d'ordre, je me laisse bercer par la trouble voix d'androgyne de Chet qui chante, murmure, soupire « My Funny Valentine ». Lorsqu'il attaque « Alone Together », je pars embrasser Victoire. Elle dort déjà. À poings fermés. Je m'assieds sur le rebord du lit et la dévisage en silence tout en caressant ses cheveux.

Elle est belle.

Je l'aime.

Et pourtant, depuis trois mois, je la trompe.

Trois mois maintenant que je lui mens.

Trois mois que je lui raconte de fausses journées de travail, lui annonce l'arrivée de budgets faramineux, lui narre par le menu des séminaires auxquels je n'ai pas assisté et la fais rire avec les histoires de fesses d'une secrétaire que j'ai perdue de vue depuis un trimestre.

Trois mois que je lui joue la comédie du cadre super-actif et hyper-speedé alors que je passe mes journées à traîner dans les rues, glander dans les salles d'attente de gare ou voir trois fois de suite un karaté-film dans les cinoches les plus crads des boulevards.

Trois mois passés à chercher du boulot sans avoir véritablement l'envie d'en trouver un, sans m'en donner la possibilité parce que, quelque part, je suis persuadé de n'avoir plus que du yoghourt dans le cerveau et obsédé par la seule idée de me noyer dans une foule anonyme où j'aurais la chance de n'être surtout reconnu par personne.

Et que ceux qui n'ont jamais perdu le boulot qu'ils aimaient ne tirent pas sur l'ambulance.

Mon poste de directeur de création chez « Clip Cool », je l'ai vu s'envoler de la façon la plus bête qui soit. L'agence a été rachetée sur un coup de bourse en un après-midi par le type que j'avais publiquement traité de con quinze jours à peine auparavant à l'occasion d'un séminaire dans les dernières neiges d'Avoriaz.

Ça ne pardonne pas.

Avant même d'avoir pris possession de son bureau présidentiel, Raymond Toucasse avait fait vider le mien. Rien à redire.

« Clip Cool » avait fait une mauvaise saison en enchaînant trois bides difficilement prévisibles. D'abord, une gigantesque campagne pour les ferry-boats à l'instant précis où les matelots attaquaient une grève dure de trois semaines. Ensuite, le lancement à coups de quadrichromies en quatrième de couverture dans tous les hebdos féminins d'une « matelote d'anguilles à faire soi-même en cinq minutes » trois jours avant que la pétrochimie bâloise ne pollue le Rhin et n'envoie quelque 150 000 anguilles ad patres. Enfin, un spot-télé de 30" dans lequel on voyait un couple continuer de jouer à un jeu de patience made in Japan dans un immeuble s'effondrant de toutes parts, spot qui parut sur les petits écrans très précisément la veille du jour où la terre trembla en Italie, faisant quelque trois mille morts.

Bref, ce que l'on a coutume d'appeler les impondérables. La démarque inconnue. La griffe du destin. Satan qui bidouille les fils. Lune et Saturne, en carré.

Mes indemnités de départ s'en ressentirent.

Bien entendu, j'aurais dû immédiatement annoncer la cata à Victoire. Seulement, quand je rentrai ce soir-là, elle était au téléphone avec

Béatrice de Manitout qui avait cumulé les deux V et notre soirée fut on ne peut plus agitée. En réintégrant nos pénates à trois heures du matin, je manquai de courage. Et puis merde, j'étais tellement persuadé de retrouver un job dans la semaine ! Après tout, j'avais la cote, non ? Je tutoyais deux secrétaires d'État, Mourousi, Isabelle Adjani, Bernard Tapie, Jacques Pessis, Marie-France Garaud et Lionel Jospin.

Et puis, aussi, quelques jours à peine après notre mariage, j'avais exigé de Victoire qu'elle renonçât à tout pour moi. Je ne supportais pas ces réalisateurs glandeux qui lui tournaient autour en lui proposant des scénarios débiles et j'avais en horreur l'idée qu'elle pût être amenée à se déshabiller devant une caméra pour rincer l'œil de quelques millions de voyeurs planqués dans l'obscurité.

Bref, j'avais eu envie de me la mettre sous cloche.

Ce qu'elle accepta sans se forcer, ayant toujours rêvé, m'avoua-t-elle, d'être une femme entretenue. Les mouvements féministes n'étaient pas son truc. Elle se sentait beaucoup plus l'âme d'un « repos du guerrier ». Seulement attention, entretenue grand pied. Vison-champagne millésimé, Venise-Maldives, chaumière normande et chèques en blanc au moment des soldes.

Elle eut tout cela pendant sept ans. Difficile donc de lui avouer que je venais de perdre mon job. Mieux valait d'abord en trouver un autre.

Mes trois premiers jours de licencié, je les passai au bistrot. Pas loin de l'agence. À téléphoner. D'abord, aux mecs qui avaient voulu me débaucher quand j'étais à « Clip Cool ». Ensuite, à des copains. Puis à des copains de copains. Pour terminer, comme tout le monde, par les annonces du *Figaro*.

Il me fallut ces trois jours pour comprendre que cela ne serait pas si facile. Un mec à débaucher vaut de l'or. Un mec débauché, du plomb. Même poids, cote différente.

Parfois, on m'envoyait bouler gentiment : « Navré, Albert, il n'y a rien en ce moment, mais laisse-nous ton téléphone, on ne sait jamais. » Parfois, j'avais droit à la petite pique : « Tu sais Albert, des slogans comme "La dinde, c'est dingue !" aujourd'hui, ça en a pris un coup dans l'aile. Le public veut des trucs plus clean. Ou plus rock. Ou plus câblés. Ou plus smarts. Ou plus mozartiens.» Parfois enfin, c'était carrément abject : « Mon pauvre Albert, ici, il n'y a même plus de place pour une anguille. Fût-elle venue en ferry à l'occasion d'un séisme. »

Bref, en quelques heures, grâce au tam-tam de l'avenue Charles-de-Gaulle, mes formules choc, mes idées chic, mes trophées, mes Oscars, mes Awards étaient devenus obsolètes. J'étais un has been. Un vieux qui ne connaissait, et finalement n'avait jamais rien connu à la pub. D'ailleurs, je n'arborais pas de catogan dans les cheveux, de baskets aux pieds, de walkman aux oreilles et je ne sniffais pas de coke à l'heure du brain-storming.

En gros, donc, il ne me restait que mes yeux pour pleurer, un compte en banque qui fonçait gaillardement vers le rouge vif et une femme adorable qui continuait de faire les soldes à tout-va et de commander des homards chaque fois qu'elle avait la flemme de faire deux œufs.

C'est à ce moment-là seulement que je me souvins de tous ceux qui étaient venus me voir à « Clip Cool » pour chercher un boulot et que j'avais éconduits, toujours gentiment mais toujours vite, très vite. Comme on se débarrasse d'un Kleenex en plein rhume. D'un clochard à la porte du drugstore. Ou d'une praire au goût douteux.

J'en rappelai alors quelques-uns. Trois avaient retrouvé du travail mais n'avaient rien pour moi. « Vraiment désolé, Albert, mais il n'y a rien en ce moment. Tu sais ce que c'est, non ?... Bon, ben tu m'excuses, on m'appelle en conf' de direction au troisième. » Un autre s'était pendu dans le grenier de sa maison de campagne de Montfort juste avant l'arrivée des huissiers. Un autre encore était parti ouvrir un McDo à Venise. Deux avaient déménagé. « On leur fait suivre les factures à la péniche de l'Armée du salut », me précisèrent gentiment ceux qui leur avaient succédé dans les murs.

Seul, l'Égyptien accepta de me revoir avec enthousiasme.

Omar Lévy est un vieux copain. Né d'un père français travaillant dans les années 50 sur les

bords du Canal à Suez et d'une mère égyptienne
– d'où le nom, d'où le prénom –, rapatrié d'urgence au moment de la nationalisation des berges
par Nasser, dix ans de galère à Sarcelles, puis
Belleville, puis rue d'Aboukir avant de décrocher
la timbale pour avoir su inventer avant tous les
autres un genre de combinaison-cosmonaute qui
fit des ravages parmi les minettes de Saint-
Tropez avant de brancher les midinettes d'Issou-
dun. J'avais à l'époque grandement contribué
au succès de la collection en suggérant à Ethel-
drède le photographe de faire poser des travestis
brésiliens revêtus des fameuses combinaisons à
l'intérieur de paniers à salade loués à la préfec-
ture. Photos sublimes qui firent la une de *Elle*,
Vogue et *Harper's Bazaar*. Omar Lévy était
lancé.

Deux ans plus tard, la chute vertigineuse du
dollar et les contrefaçons fabriquées en Corée
du Nord au quart du prix eurent raison de mon
copain. Qui se reconvertit instantanément dans
la numérologie et le désenvoûtement sur photo
ou objet appartenant à l'ensorcelé. Là encore,
je lui préparai sa campagne. Plus modeste et
uniquement destinée à ces journaux qui servent
à envelopper la roussette sur les marchés.

Tout cela crée des liens.

J'appelai donc Omar, un matin de désœuvre-
ment, quelque trois semaines après m'être fait
débarquer.

– Albert mon frère ! Comment tu vas ?

– Bof ! Mezzo-mezzo.

– Oui, oui, j'ai appris. Je voulais t'appeler
mais, mon frère, tu sais ce que c'est, hein ?
Qu'est-ce que tu fais à midi ?

– Ben... Euh, je devais bouffer avec Mitterrand, mais je ne pense pas y aller.

– Ah, ah, ah, Albert mon frère ! Toujours la frite ! Alors, on bouffe ensemble !

– Avec plaisir.

– On se retrouve à 13 heures Chez Marcel. Tu connais ? Marcel ? Rue Saint-Nicolas, près de la Bastille ?... Queue de cochon grillée, petit salé aux lentilles, pieds de porc au four. Bon, d'accord, c'est pas très kascher tout cela, mais tu vas voir, c'est tellement bon, mon frère.

Omar n'avait pas menti. Marcel, c'est super.

– J'aurais peut-être un petit boulot pour toi, me confia Omar au moment de la crème caramel. Oh, ça ne va pas chercher très loin mais quand on est dans la merde jusqu'au cou, on n'entend plus forcément les chiens péter, pas vrai, mon frère ?

Ma foi ! De mon temps, on élaborait plutôt des maximes genre « Les chiens aboient, la caravane passe », mais tout va si vite aujourd'hui. Je fis donc signe à Omar que j'appréciais la sentence à sa juste valeur et, encouragé, il poursuivit.

– Tu sais que j'ai laissé tomber la numérologie ?... Bon, ben, je te le dis. La mayonnaise ne prenait pas. Les « raymonds », ils en sont toujours à l'horoscope traditionnel et, avec Astro-Flash sur les Champs-Élysées, le petit commerce ne peut plus lutter.

– Soit, mais il te reste les désenvoûtements ?

– Non, même pas. Le désenvoûtement, il faut être Black pour que ça fonctionne. C'est l'un des rares métiers, avec jazzman et éboueur, où il vaut mieux être noir !

– Mais alors, Omar, qu'est-ce que tu traficotes en ce moment ? Tu m'as l'air plutôt bien sapé et j'ai vu ta Plymouth dehors sur le trottoir...

– Je suis dans le cinoche.

– Pas possible !

– Si, si. Je fais de la synchro. Image et son.

– C'est super ! Quel genre de films ?

– Ben... Euh, si tu veux, je travaille pour la vidéo. Dans le X, Albert, exclusivement, le X. Du Hard.

– Je vois.

– Je fais le son, j'ai du texte à dire quoi, tu vois le genre, hein ? « Aaaah ! Aaaah ! Je sens que ça vient ! Aaaah, chienne, je jouis ! Tiens ! Pan ! Pan ! Pan ! T'aimes ça, hein, grande salope ? »

Tête des serveuses de Chez Marcel. En d'autres temps, on a pris la Bastille pour moins que cela.

– Et je fais de l'image aussi. Tu te rends compte, Albert ?... Moi, moi Omar Lévy, né sur les bords du Canal, je fais l'acteur. Comme Boujenah ! Comme Richard Dreyfus ! Comme Rika Zaraï dans ses clips !

– Et ça ne te gêne pas de tourner dans des pornos ? Tu n'as pas peur qu'on te reconnaisse dans la rue, quand tu fais tes courses ?

– Aaaah, attention Albert mon frère ! Je ne fais que du gros plan. Ils ne filment que ma quéquette ! Il paraît que j'ai le type trop méditerranéen pour passer à l'image. Par contre, question gourdin, je suis im-ba-tta-bleu. Omar et sa matraque, ils m'appellent les accessoiristes. Alors voilà Albert, si cela t'intéresse, je peux t'introduire, enfin te brancher.

— Omar, tu es un ami. Merci. C'est vrai que je suis dans le pétrin et que j'ai l'impression de foncer, tous freins lâchés, vers un gouffre, mais de là à aller me montrer à poil devant une caméra...

— Eh bien, tu ne fais que le son, Albert, tu fais que les « Alors, salope, tu vas jouir ? ». Évidemment mon frère, il faut que tu le saches, ça paye moins que d'être à l'image, mais quand on est dans la...

— Oui, oui, je sais, tu me l'as déjà dit !

— Cela dit, le son, c'est tout bien, tout honneur. Il n'y a pas de mélange, chaque comédien a son micro et tout le monde il est habillé. C'est comme à la Comédie-Française, sauf que le texte est meilleur.

Molière et Shakespeare, bouchez-vous vite les oreilles.

Omar ne réussit point à me convaincre et paya en laissant un pourboire royal et en expliquant qu'il était acteur. Sur le trottoir, il tenta encore de me convaincre et me proposa de parler de moi pour écrire les textes.

— C'est payé à la ligne, m'expliqua-t-il, et ça paye pas mal parce que tu peux mettre plein de points en suspension !

— Pas pour le moment ! lui répondis-je en l'embrassant.

J'avais laissé la porte ouverte.

Il est 2 heures et quart du matin lorsque, lassé de ruminer mes malheurs, je décide d'aller rejoindre Victoire. Je suis en train de ranger le « Love Supreme » de John Coltrane dans sa pochette lorsque le téléphone sonne. Je bondis vers l'appareil dans l'espoir de ne pas réveiller Vick.

– Allô ?

– Allô, bonjour. Est-ce que Victoire est là ?

Une voix féminine.

– Non, mais ça ne va pas ? Vous avez vu l'heure ?

– Non. Quelle heure est-il ?

– Presque 3 heures du matin, bordel ! Il faut aller vous faire soigner ma bonne dame ! Il n'y a que des malades pour appeler à pareille heure de la nuit.

– Oui, c'est vrai. Je vous prie de m'excuser.

– Qui est à l'appareil ?

– Oh, cela n'a pas d'importance...

– Pas d'importance ! Voyez-vous cela ?... On me fait chier en pleine nuit, on me stresse, on me dilate le palpitant, on m'explose le soufflant et je n'aurais même pas le droit de...

– C'est Armelle !

Ah ? Armelle ! Petite brunette, ravissante, toujours en minijupe de cuir noir. Roulée comme le carrosse de Marie-Antoinette. Œil de biche et sein d'amazone. Du coup, je mets un peu de miel dans mes rouages.

– Ah, c'est vous, Armelle ?... Bonsoir, comment ça va ?

– Bof, Albert, ce n'est pas très brillant. Je n'ai pas vraiment la pêche.

Un silence. Puis des sniffs sniffs. Décidément, c'est la journée. Suffit de le savoir. Apparemment, il y a malaise boulevard Pereire. Ce serait une autre, je serais encore à mon créneau en train de déverser injures, huile bouillante et bile verdâtre mais avec Armelle, c'est différent : il y a préjugé favorable et vibrations positives au charme.

Alors, je la laisse raconter.

En gros, chez elle, c'est la débâcle, la Berezina, Waterloo, Trafalgar. Son mari réclame le divorce. Exige la garde du môme. Ne veut pas entendre parler de pension. Lui colle tous les torts. Ne lui parle plus depuis deux mois. Ne la saute plus depuis six. C'est bien simple, m'explique Armelle, nous sommes mariés depuis quatre ans et il veut divorcer depuis cinq !

Je l'écoute parler et compatis. C'est vrai qu'elle est tombée sur un con. Étienne Pasquot, je l'ai rencontré deux fois, cela m'a suffi. PQGG. Petite Queue, Grande Gueule. Imbu de sa personne, fonctionnaire de haut vol ayant brisé sa carrière de A à Z, prêt à toutes les compromissions avec les supérieurs, odieux avec ceux qui ne sont pas de sa caste. Il a épousé Armelle pour sa dot. Qu'il a dilapidée en frais somptuaires. De sa femme, il n'attend qu'une chose : qu'elle lui organise des dîners mondains dans lesquels il pourra briller. Il lui a fabriqué un môme la première année parce que ça fait toujours bien dans le décor et à condition de n'avoir jamais à le torcher, et il ne lui fait plus l'amour parce que c'est sale et que finalement ça ne rapporte rien, sauf de l'herpès.

Fascinée, en tout cas au début, par le personnage, Armelle s'est laissé dépouiller de sa personnalité, a plaqué son boulot à la Culture pour mieux servir le tyran, s'est étiolée sur pied jusqu'au jour récent où dans l'un de ses dîners, il s'est trouvé un pas fou, doté d'une excellente vision, pour repérer ce petit trésor de guerre ignoré des médias et se l'emballer vite fait en sortant le grand jeu : canard numéroté à la Tour d'Argent avec baisemain de Terrail au moment de la douloureuse, Santos-diamants de chez Cartier sous l'oreiller et suite royale au Trianon-Palace avec champagne et orchidées dans la baignoire.

Armelle a vite repris goût à la vie puis les ennuis se sont mis à pleuvoir. D'abord, le cocu qui pressent sans avoir la moindre preuve et accélère le processus. Ensuite, les doutes sur le nouveau venu. Parce qu'il est marié, lui aussi.

— Vous comprenez, Albert, je n'ai pas envie de jouer les doublures, les Back Street, les seconds couteaux.

— Mais, Armelle, avec tout ce que vous me racontez, il va très vite divorcer, votre soupirant. Ça m'a l'air d'un mec bien, non ?

— C'est qu'il voudrait bien divorcer, Albert, mais sa femme ne veut rien entendre. Elle est au courant de toutes ses combines – comptes bancaires au Liechtenstein, sociétés-écrans aux Bahamas et yacht en Irlande – et ne veut pas traiter à moins d'un milliard.

– Évidemment, c'est beaucoup d'argent, fais-je en rêvant un brin.

– Et encore, Albert ! Elle voulait d'abord deux milliards mais il lui a dit que pour ce prix il préférerait la faire flinguer, alors, elle a transigé à l'unité.

– C'est classe ! Mais très franchement, Armelle, je ne vois pas où se situe le problème. Vous êtes malheureuse avec un mari qui est con et vous avez un milliardaire qui attend à votre porte, la langue pendante.

– Gérard, c'est le nouveau, a toujours été un enfant gâté. Il a toujours eu tout ce qu'il voulait et plus. Le jour où je vais débarquer avec mon môme sous le bras, je ne l'intéresserai plus, mais alors plus du tout. Pour le moment, ce qui l'excite en moi, c'est le fait que je sois mariée et qu'il s'offre la joie de cocufier un con mais, croyez-moi, Albert, le jour où je serai véritablement sur le marché, je ne l'intéresserai absolument plus. Il me laissera tomber dans la seconde.

– Il serait bien bête en ce cas, laissé-je tomber.

Petit silence. Armelle encaisse le compliment et l'accepte. Victoire a peut-être les oreilles qui sifflent dans son sommeil.

– Je suis paumée, Albert, soupire ma correspondante.

– Parce que vous vous noyez dans un verre d'eau, mon amie. Parce que vous n'en finissez jamais de compter sur les autres. Reprenez-vous en main et puis c'est tout. Nous vivons dans la jungle, l'homme est un fauve, sortez vos griffes ! Vous êtes ravissante, pas con, diplômée de Sciences-po, vous avez bossé rue de Valois avec Lang et Léotard, démerdez-vous, Armelle, démerdez-vous ! N'attendez pas la pension de l'un et les pourboires de l'autre. Trouvez-vous un studio et battez-vous. Si l'autre vous veut vraiment, il vous relogera vite dans un cinq pièces de l'avenue Foch. Mais commencez par faire comme s'ils n'existaient ni l'un ni l'autre.

– Oui, vous avez sans doute raison, Albert. Je crois que vous m'avez requinquée.

– Eh bien, voilà une bonne nouvelle. Je dirai à Victoire que vous avez appelé.

– Ce n'est pas la peine, mon chéri, intervient Victoire depuis le téléphone de la chambre. J'ai décroché en même temps que toi et j'ai tout écouté. Albert, tu as été parfaite. J'aurais dite exactly tout comme toi.

Et les deux copines de hurler de rire, de se congratuler et de se mettre à bavasser comme s'il n'y avait jamais eu le moindre malheur dans la vie d'Armelle. Fasciné, j'écoute quelques instants, un peu vexé quand même, et décide de reposer le combiné quand elles passent des soldes de chez Givenchy au gynéco de la Manitout.

Un quart d'heure plus tard, Victoire raccroche et m'appelle. J'arrive, prêt à me montrer penaud, mais l'humeur est radieuse.

– Elle te plaît bien, ma copine ? me demande Victoire en s'étirant lascivement et en en montrant plus qu'il n'est de tradition dans les immeubles de la rue de Passy.

– Ma foi ! Si tu pars en Écosse plus d'un mois, je reconnais qu'il y aura danger.

– Viens dormir maintenant. Tu as vu l'heure ? ronronne Vick en éteignant la fausse Gallé.

À peine suis-je entré sous les draps qu'elle vient se coller contre moi et nous nous retrouvons très vite en train de faire l'amour. Avec lenteur, sérénité, tendresse. L'image trouble-troublante d'Armelle flotte, diffuse, entre nous. Un doigt de fantasme, une pincée de jalousie, un zeste de piment.

Il y en a qui font l'amour en pensant à Samantha Fox. D'autres, en regardant en gros plan le zizi d'Omar Lévy qui caracole sur Canal Plus à l'heure où les enfants sont couchés.

Nous, nous avons les copines.

Enfin, pas toutes.

Edmée, par exemple, ne fait pas partie de nos fantasmes.

C'est elle qui me réveille le lendemain matin, vers 10 heures.

— Allô ? Bonjour, Albert. C'est Edmée. Comment ça va ?

— Bien, Edmée, bien.

De toutes les amies de ma femme, Edmée est celle qui me fait grimper le plus vite et le plus haut au mur. C'est un être désespérément curieux. Inquisiteur. Certains diraient fouille-merde. Qui, ayant vu sa vie se transformer en désert voilà des années, se nourrit et se repaît du bonheur des autres. Mais sans jamais vouloir y croire. Seul le malheur affiche quelque crédit à ses yeux et seul l'intéresse le revers de la face. Annoncez-lui que tout va bien et la voilà qui se transforme dans la seconde en inspecteur Columbo : « Ça va ?... Oui, oui bien sûr que ça va mais, entre nous, Albert, ça va ça va ou ça va ça va ? » Douanière, elle serait devenue folle à force de chercher des doubles fonds dans les Samsonite.

Edmée a quarante-sept ans. Elle et Victoire se sont rencontrées à Drouot. L'une vendait son argenterie, l'autre chinait. Comment l'osmose se fit-elle ? Je n'en sais rien. Victoire les attire, un point c'est tout. Après la vente, elles s'en allèrent donc, bras dessus, bras dessous, boire un thé chez Smith, rue de Rivoli, et Edmée raconta sa vie à une Vick fascinée.

Itinéraire classique, enfance bourgeoise dans une bonne famille nantaise, éducation chez les sœurs, mariage préparé de longue date avec un capitaine au long cours, nettement plus âgé. En mer, neuf mois sur douze.

En 1974, pour fêter leurs dix ans d'hyménée, le capitaine emmène sa douce sur son cargo chargé de Renault à destination du Brésil où il doit embarquer quelques tonnes de café. Sur place, profitant d'une avarie des machines, Edmée et son mari vivent une véritable honeymoon. Samba à Rio, macumba à Bahia, opéra à Manhaus et fugue en Amazonie. Deux semaines de rêve. Une nuit, alors qu'ils bivouaquent en pleine jungle, le capitaine assure mal la fermeture de la moustiquaire. Le lendemain matin, Edmée se réveille, la joue en feu. Un insecte l'a piquée.

Dans les jours qui suivent, sa joue se met à enfler de plus en plus. Avant qu'elle n'embarque pour le retour, un toubib de Rio lui donne toute une série de pommades. Mais rien n'y fait, la joue continue d'enfler.

Un soir, alors que le cargo remonte vers l'Europe et croise au large des Açores, la malheureuse Edmée est dans sa cabine, devant la coiffeuse, en train de se peigner pour le dîner lorsqu'un violent coup de roulis fait tanguer le navire et dévier le peigne. Qui griffe sa joue.

De la plaie percée par les dents d'écaille, s'échappent alors une cinquantaine de minuscules araignées !

Tandis que sous le double coup de l'horreur et de la douleur, Edmée s'évanouit, le capitaine, qui a assisté à toute la scène, s'enfuit en hurlant vers la proue du cargo.

On ne le retrouvera jamais.

Edmée n'est donc officiellement veuve que depuis deux ans. De son aventure amazonienne, elle conserve une cicatrice violette et malheureusement en relief, l'infirmier de bord l'ayant recousue alors qu'il était complètement fait au calva.

Depuis, les hommes dégoûtent Edmée et « bonheur » est un mot qu'elle a rayé de son existence. Pas d'aigreur, ni de rancœur, non. Juste une impossibilité à y croire. Avec, pour malgré tout se maintenir en vie, un irrépressible besoin de s'accrocher aux autres et de vivre par personne interposée.

Victoire lui offre tout cela, et plus.

Ce qui m'avait beaucoup séduit chez ma future épouse à l'époque où je la rencontrai était de savoir que ses parents habitaient en Écosse. Edmée se chargea très vite de remplacer la belle-mère absente.

Tout cela pour dire que commencer une journée avec Edmée au téléphone, c'est se lever du mauvais pied, passer sous une échelle, renverser du sel sur la nappe, trouver un parapluie ouvert sous son toit et un pendu chez un fabricant de cordes à piano !

– Bon, bon, Albert, je suis contente d'apprendre que tout va bien mais, entre nous, vous

savez bien que vous pouvez me dire la vérité.
Je suis une tombe.

– Edmée ! Je ne vais pas me forcer à vous
dire que tout va mal quand tout va bien, simplement pour vous faire plaisir !

– Albert ! Quelle idée ! Je ne suis pas comme
cela, enfin ! Simplement, il faut bien reconnaître
qu'en ce moment, c'est plutôt dur pour tout le
monde. Tenez, les Lambert par exemple... Ils
viennent de déposer leur bilan. Vous Albert, le
boulot, ça va ?

Salope !

– Très bien, Edmée. Ça roule.

– Bon, bon. Mais, ça va ça va ou ça va ça va ?

Je ne réponds rien. Elle me gonfle. Un temps
de silence et ça repart.

– Et Victoire ?

– Ça va, Edmée, ça va.

– Bon. (Un silence.) Pourtant, la dernière
fois que je lui ai parlé, elle m'a semblé avoir
une petite voix. Et je trouve qu'elle a une mine
de papier mâché en ce moment. Vous devriez
l'emmener un peu au soleil. La Tunisie, en ce
moment, ce n'est pas cher. Ça lui ferait le plus
grand bien. Parce que je me demande si elle
n'a pas un petit problème avec ses hormones...

– Ses hormones vont très bien, Edmée, je
vous remercie.

On jurerait que cette salope sait que je suis
chômdu et cherche à me pousser dans mes derniers retranchements pour me faire avouer.

– Et là, elle n'est pas là ?

– Non, Edmée. Victoire s'est levée de bonne
heure ce matin pour aller faire ses UV.

– Mais c'est cancérigène, ce machin !

– Comment ? Vous ne le saviez pas, Edmée ? Victoire en est au dernier stade. Les médecins ne nous laissent plus d'espoir.

Et je lui raccroche au nez. J'en ai les guibolles qui tremblent. Insupportable de débuter une journée avec ce corback tout noir qui vient battre des ailes sur votre épaule tout en croassant dans votre oreille.

Je pars dans la salle de bains pour me raser. Sur le mur, dans un rayon de soleil, une minuscule araignée tisse son fil.

J'appelle Charles-Édouard, le chat, pour qu'il vienne la bouffer.

Ainsi que je l'avais craint, Edmée réussit à m'empapaouter ma journée.

C'est d'abord mon avocat qui m'appelle pour me dissuader de traîner Raymond Toucasse en justice, comme j'en avais vaguement émis l'idée.

– Vous n'y gagneriez rien, Albert. Les Prud'hommes balisent un maximum et l'on peut aujourd'hui licencier comme on veut. Quant à ce Toucasse, vous l'avez publiquement traité de con, il vous a racheté et lourdé, il a eu sa vengeance, maintenant laissez-le se calmer. Vous n'êtes hélas pas, pour l'instant, en position de force. Si vous cherchez à lui mordre les parties, il ne sentira pas grand-chose mais réussira à vous faire claquer toutes les portes au nez.

– C'est ce qu'il fait déjà, maître.

– Il s'en lassera, il s'en lassera. Croyez-moi, il va vite se trouver un nouveau joujou. Maintenant, si cela peut vous faire plaisir, sachez quand même qu'il danse sur un volcan, votre Toucasse. Il a placé des billes partout et le rendement n'est pas à la hauteur des espérances. Il suffirait qu'une banque ou deux commencent à se poser des questions pour que tout parte à vau-l'eau. Alors, en attendant, faites le gros dos, Albert, je sais que c'est dur mais je ne vois pas d'autres solutions.

Quand un avocat vous invite à ne pas plaider c'est que la cause est véritablement désespérée.

Je demande vingt-quatre heures de réflexion mais ma décision est déjà prise : on passe à autre chose.

À peine ai-je salué mon avocat que le téléphone sonne à nouveau : Étienne Pasquot, l'époux d'Armelle.

– Cher ami, j'ai eu ce matin une longue et vive discussion avec ma future ex-femme. À l'en croire, vous auriez dit de moi que j'étais un sinistre con ?

Ça surprend. Je bafouille un brin.

– Euh... Moi ?... Ma foi, je ne me souviens point d'avoir employé une expression aussi crue, mais...

– Armelle a été formelle. Elle prétend également que vous l'avez vivement engagée à me quitter dans les délais les plus brefs et...

– Ma foi ! Si elle le dit !

Après tout, il commence à me prendre la tête ce Pasquot. Je lui déclare donc et dans l'ordre qu'il ferait mieux d'aller laver son linge sale en famille, qu'il assume son divorce sans assommer ses relations, qu'il libère la gracieuse petite colombe qu'il a emprisonnée dans ses pognes de salarié étatique et que je serai prêt à témoigner, si sa future ex me le demande, qu'il n'a jamais torché son môme, même qu'il ne doit pas savoir comment c'est fait un trou de balle à moins qu'il n'ait réussi, un jour, à voir le sien dans une glace.

L'autre écoute posément, sans broncher, et

profite de ce que je reprends mon souffle pour en placer une brève.

— Dans ces conditions, je pense que vous ne m'en voudrez pas, mon cher, si j'égare malencontreusement le dossier de votre candidature au poste de Directeur des Relations Publiques au Secrétariat de la Mer. Je m'étais fait un plaisir de le glisser sur le haut de la pile. Pof ! Il vient de tomber directement dans le broyeur à papier. Monsieur, à ne pas vous revoir !

Et il raccroche. Avant moi.

Alors voilà comment fonctionne la France ?... Ce n'est plus Paris, c'est Palerme ! La Sicile ! La Sicile !

Je suis en train de me raser lorsque le téléphone recommence à sonner.

Cette fois, c'est Féfé. Qui m'appelle d'une cabine à Vincennes. Fou de rage. M'insultant comme un palefrenier.

— Albert ! Tu es le roi des cons ! Qu'est-ce que je t'avais dit ?

— Quoi, Féfé ? Tu es devenu dingue ou quoi ? Qu'est-ce que tu m'avais dit ?

— Hier. Au téléphone. Monet. Je t'avais dit Monet dans la première.

— Oui, et alors ?

— Il vient d'arriver premier, Albert ! À trente-sept contre un ! Je te hais ! Tu aurais mis cent francs, rien que cent francs, on se partageait 3 700 balles. Et si tu avais mis un bâton, on serait en train d'en ramasser trente. Parce qu'à nous deux, on aurait fait baisser la cote, mais maintenant, on aurait trente briques en poche. Jamais plus, je ne te parlerai. Jamais plus, je ne te donnerai un tuyau. Allez, salut !

Et pof ! il me raccroche au nez. Halte à tout, je craque.

Furax, je sors de l'appartement en claquant la porte. Pour m'apercevoir que j'ai laissé les clés à l'intérieur. Tant pis, je suis à la bourre.

Quand je passe en courant devant la loge de la concierge, celle-ci ouvre la porte et me demande si c'est exprès que je suis en veste de pyjama.

Pas vraiment la tenue idoine pour aller prendre le café avec le directeur général de Publicis. J'emprunte dix balles à la gardienne pour aller téléphoner d'une cabine que je serai légèrement en retard. Et là, la secrétaire m'annonce qu'elle vient justement de m'appeler en vain à l'appartement pour me prévenir que le rendez-vous était différé.

– Le patron a été convié à déjeuner à la dernière minute par M. Toucasse. Cela risque de durer tard et après, il a d'autres rendez-vous. Passez une bonne journée. Je vous rappelle ce soir pour convenir d'une nouvelle date.

Tu parles ! Elle n'est pas près de me rappeler, celle-là. On va plutôt lui demander de rayer mon numéro dans l'agenda de son boss.

Si la Seine n'était pas si dégueulasse, j'irais bien m'y noyer.

En sortant de la cabine, je marche dans une crotte de doberman. Du pied droit, évidemment !

Edmée ?... Je t'aime !

– Daaaaarling, c'est toi ?... Tu as vu les fleurs sur la cheminée, comme elles sont beaux ?

Serait difficile de ne pas les voir. Roses, lis, glaïeuls, dahlias, azalées, tulipes blanches. Une gerbe immense et qui embaume.

Petit pincement au cœur.

– Tu as changé d'amant ?

De la salle de bains, je l'entends rire en cascade.

J'avise alors la carte de visite posée bien en évidence sur la laque noire du Yamaha. « Merci, chère Victoire, de votre hospitalité si délicieusement britannique et dont je crains malheureusement d'avoir honteusement abusé. Charles, c'est certain, eût été un beau parti ! Revenge ! Très fidèlement à Vous. G. de M. »

Je tâte vite le haut de mon front. Apparemment, les cornes n'ont point encore poussé. Mais je n'aime pas vraiment cette histoire. Un mec qui abuse d'une hospitalité peut en profiter pour abuser d'autre chose. Et le côté « private joke » sur le tatouage me chatouille tout aussi désagréablement.

– On peut peut-être avoir les sous-titres ? demandé-je avec agressivité à Victoire qui sort de la salle de bains, les cheveux relevés en choucroute et à demi dissimulés par une serviette piquée un jour à l'Orient-Express, entre Venise et Istanbul.

– C'est Hélène !

– Comment cela, c'est Hélène ? Tu ne crois pas que tu te payes un peu trop ma tête, Victoire ? C'est Hélène qui t'a envoyé ces fleurs ? C'est elle aussi peut-être qui signe G. de M. ce billet doux à la limite de l'obscénité ?

Là, j'en rajoute un brin mais les femmes adorent qu'on leur fasse des scènes. Cela les rassure sur leur pouvoir de séduction et ça coûte tellement moins cher qu'un lifting.

– Mais mon chéri, les fleurs et la petite mot, c'est le nouveau Jules d'Hélène.

– G. de M. ?

– Exactly !

– Et pourquoi il t'enverrait cinq cents balles de fleurs, ce con ?

– Parce que je leur ai prêté l'appartement, cet après-midi.

– Quouaaaaah ?

– Ben oui, Darling, ils ne savaient pas où aller pour faire l'amour.

– T'es devenue folle ou quoi ? Alors maintenant, tu passes notre lit à…

– Non, non, Albert ! Je les ai mis dans la chambre des amis…

– Je m'en fous ! Tu prêtes notre appartement à tes amies pour qu'elles viennent se faire sauter ! Tu es vraiment devenue dingue, ma pauvre amie ! Tu sais comment cela s'appelle, ça ? Du proxénétisme ! Du proxénétisme hôtelier ! On va en taule pour ça !

– Calme-toi, Albert. Ils n'ont pas payé.

– Et les fleurs, alors ?

– Les fleurs, c'est juste la petite cadeau, rien d'autre.

Rien à faire. On ne peut pas discuter. Je me sers un porto. Sans même en proposer à Victoire.

– Mais enfin, ces deux cons, ils ne pouvaient pas aller forniquer à l'hôtel, comme tout le monde ?

– Non. Ils ne pouvaient pas.

– Tiens donc ! Et pourquoi ?

– Parce que G. de M., Albert, c'est Gilbert de Managuèze !

– Et alors ? Il y a encore des hôtels de passe à Paris qui acceptent d'héberger les mecs à particule, que je sache !

– Gilbert de Managuèze, Albert !... Le ministre !

– Ah !

On a beau avoir des nerfs d'acier, on a quand même le droit d'être surpris en apprenant que le ministre de l'Intérieur en titre est venu tirer un petit coup dans votre appartement pendant que vous étiez dans les rues.

– Tu te rends compte du scandale, Albert ? Managuèze a divorcé voici moins de deux mois. Est-ce que tu te l'imagines allant se locationner une room de 5 à 7 au Hilton ? Et au bras d'Hélène, une des animatrices d'Antenne 2 ?

Évidemment. Vu sous cet angle.

– D'autant plus, continue Victoire, que Managuèze a toujours deux poulettes avec lui.

– Deux poulettes ? Alors, en plus, ils sont venus partouzer !

– Deux poulettes… Des flics, Albert, des flics. Chargés de sa protectorat rapprochée.

– Et les flics sont venus ici aussi ?

– Mais non, mon chéri. Managuèze s'est fait déposer devant l'immeuble et leur a donné campus pour deux heures. Ne t'inquiète pas comme cela. Il est venu ici en catamini.

– Cati.

– Quoi ?

– Rien. Bon, continue. Et toi ?… Qu'est-ce que tu as fait ? Tu as tenu la chandelle ?

– Albert ! Je t'adore ! Je lui ai ouvert quand il a sonné, je l'ai faite entrer, je lui ai servi une thé avec un cake – il en reste à la cuisine, si tu veux – et puis je m'ai éclipsée sans même attendre l'arrivée d'Hélène.

– Et il ne t'a pas sauté dessus ?

– Non, non. Dommage d'ailleurs. Il a une sorte de charme perverse assez intéressante. Mais tu sais, c'est un homme de la vieille école. Très distingué. Il a les cheveux bleus-blancs avec plein de la pommade, un costume de trois pièces et un nœud de papillon.

Un nœud de papillon ? N'approfondissons pas.

– Et ton tatouage ? Il a bien fallu qu'il le voie, ton tatouage puisqu'il en parle ? crié-je tout en brandissant la carte de visite.

– Albert, nous sommes en plein mois de mai. Je ne mets pas mon anorak en cette moment.

Ma foi. Tout cela se tient. Je me détends un peu.

C'est le moment que choisit Hélène pour appeler sa copine. Victoire me sourit et tripote le haut-parleur du combiné téléphonique pour que je puisse profiter de la conversation. Qui démarre sur les chapeaux de roues.

– Vick, mon chou ! C'était magnifique ! Merci du fond du cœur. Je ne sais pas comment nous aurions fait sans toi.

– Alors ?... C'était comment ? interroge Victoire tout en me clignant de l'œil.

– Super, super ! Enfin, pas mal, quoi ! On ne peut pas trop en demander après tout ! Il a quand même cinquante-huit balais, Gilbert. Alors, deux fois en trois heures, on ne va pas protester. Remarque, heureusement qu'il y a eu un retirage parce que la première édition, pfff-ffuittt, envolée en un tour de main ! On aurait dit une bouteille d'Orangina ! En tout cas, il t'a trouvée charmante. Et toi ? Comment tu l'as trouvé ?

– Charming ! Delicious ! So distinguished !

Ben voyons. Faudrait demander aux mecs qu'il fait charger par ses flics à moto.

– Tu sais qu'il m'a envoyé des fleurs ? reprend Victoire.

– Ah bon, il l'a fait, c'est bien.

– Pourquoi ? C'est toi qui la lui avais dit ?

– Suggéré, suggéré. Il est très radin mais je vais vite le soigner, tu peux compter sur moi. J'ai pris mes renseignements à la rédac. D'abord, un ministre ça gagne bien et ça a plein de frais de représentation. Deuxio, sa bonne femme était milliardaire. Or, comme c'est elle qui l'a plaqué, il a peut-être réussi à lui soutirer une petite enveloppe. Il avait certainement un dossier sur le type avec qui elle s'est fait la malle. De toute façon, comme il a l'obsession de ne pas être vu en ma compagnie en un lieu public, j'ai plus de chances d'aller faire bronzette au Kenya ou à Bangkok qu'à Montélimar ou Lunéville.

Et ces dames de glousser de concert. Wouaff-wouaff.

– Bon, ben, ma Victoire, je vais te laisser. Je suis à l'image dans une minute et après je fonce chez le coiffeur. J'ai un dîner à Versailles ce soir. Et merci encore, Vick chérie. Tu nous as sauvé la mise. Ce pauvre Gilbert, il n'en pouvait vraiment plus, ah, ah, ah.

Hi, hi, hi.

– Et comment tu vas faire maintenant avec Michel ? relance Victoire.

– Ah, là, évidemment, tout se complique. Franchement, j'avoue que je n'en sais encore rien. Faut bien dire que je me suis mise, une fois de plus, dans de beaux draps. Michel, c'est un problème, un vrai.

La voix d'Hélène, de désinvolte s'est faite grave. Visiblement, Michel semble être un gravier dans le bottillon. Mais la copine de ma femme n'est pas de celles qui se laissent longtemps abattre par les contrariétés. La voix reprend son tonus.

– Et ton Albert, Vick ?... Tu te le gardes toujours pour toi seule ?

– Oui, Hélène. Albert, c'est une chasse gardée.

Elle me sourit, tendre et complice, tandis que je plastronne un brin. Toujours sympathique d'apprendre qu'on a encore une petite cote sur le marché de l'occase.

Bon ben voilà, bisous-bisous, on s'aime, on est les meilleures, on les aura tous, jusqu'au trognon.

Victoire raccroche. Je pose la question qui me brûle les lèvres.

– Ce mystérieux Michel, on peut peut-être savoir de qui il s'agit ? À moins que ce ne soit là un secret d'État ?

Victoire pèse le pour puis le contre. Résultat mitigé.

– Si je te le dirais, tu te tairais ?

– Oui, c'est juré.

– Michel, c'est le fils.

– Le fils ? Le fils de qui ?

– De Managuèze !

– Oh non ! Ce n'est pas possible !... Et lui aussi ?

– Oui. Mais depuis un peu plus longtemps.

– Elle est vraiment allumée ta copine !

– Ce n'est pas sa faute. Elle les a rencontrés à quelques jours de distance et...

– Et le fils a été le plus rapide ?

– Oui. Il l'a draguée, comme un hussarde. Un jour où elle était dépressée. Alors, elle s'est laissé séductionnée sans discuter. Et puis, quelques jours après, dans une cocktail, on lui a présenté le père. Il avait des yeux très tristes, alors Hélène a eu envie de le faire rire et le type a été sous sa charme. Il l'a rappelée deux ou trois jours après pour l'inviter à une remise de décorations et il a commencé à lui faire de la gringue. Mais à la vitesse troisième âge. En envoyant des fleurs. En lui fournissant un escorte de motardes. Alors, tu vois, Hélène n'est pas un ingrate. Elle a fini par céder à son sommation.

– Mais elle est vraiment dégueulasse, ta copine !

– Pas du tout, Albert. Elle est magnétisée par les Managuèze. Les deux l'attirent.

– Putain ! Il doit y avoir vingt-cinq millions de mecs dans l'hexagone et il faut qu'elle se farcisse le père et le fils !

– C'est la destin, Albert ! On ne peut rien contre les désastres des astres.

– Victoire, tu crois vraiment aux conneries que tu me débites ?

– Oui.

– Ah bon.

– Et ils sont au courant ?

– Au courant de quoi, Albert ?

– Qu'ils se cocufient en famille ?

– Mais non ! Évidemmente pas ! Et c'est pour cela qu'il faut être très distrait.

– Discret.

– Discret.

– Et il fait quoi, le fils ?

– Il est directeur pour l'Europe d'un multinationale, une trouc dans l'électronique, je crois. C'est ça, l'avantage. Il voyage beaucoup lui aussi. Alors, tant qu'Hélène ne se fera pas de plantaisons dans son planning, elle pourra continuer à les voir tous les deux. Mais elle est tellement fouillis que personnellement je crains l'empire. Déjà, une fois, à Athènes, tout a failli se capoter. Ils étaient tous les trois dans la même hôtel, à Athènes. Il y avait un congrès des Interpol, une séminaire sur les piouces et transistors et Hélène filmait des variétés au Parthénon. Ils avaient chacun leur room. À minuit, Gilbert, le père, est venu lui donner une visite. Mais correct-correct. Juste pour lui dire qu'il était en train de tomber amoureuse d'elle. Elle l'a écouté, très charmée et à un moment, son nez l'a gratté, tu sais, un prémonition. Alors, elle lui a dit de partir et deux minioutes après, Michel débarquait.

— Et s'ils s'étaient rencontrés ?

— Et si... Et si... Albert, avec des si, on ne peut pas mettre Paris dans la bouteille. Hélène est comme ça, c'est tout.

— Ouais... Enfin, c'est bien, je soupire. Si jamais le fils Managuèze vient ici lui aussi, tu n'auras même pas besoin de changer les draps.

— Pourvu qu'ils n'aient pas le même fleuriste ! sourit Vick.

Une fin de journée miraculeuse : paisible. Comme si toutes les copines de Victoire avaient égaré son numéro de téléphone.

Nous dînons, dans la cuisine, d'un somptueux saumon pêché le matin même et que son père nous a fait livrer at home par un steward des British Air Lines. Cuit à la vapeur, dans son jus, simplement agrémenté d'une pointe d'aneth.

Évidemment, pour remercier ses vieux, Victoire s'empresse d'appeler l'Écosse pendant près d'une heure. Le prix d'un cageot de langoustes, en gros. Pas vraiment le repas de base du chômdu type. Mais l'avantage d'avoir sa belle-famille à distance entraîne forcément quelques inconvénients.

Scott Jagger et son épouse Marge vivent dans un vieux château plus ou moins en ruine, au bord d'un loch, au nord de l'Écosse. Scott est un battant. Après avoir vu toutes ses plantations d'hévéas en Malaisie rasées par la rébellion locale, il est rentré dans son pays natal où il a vainement tenté de lancer une marque de sous-vêtements pour hommes – mais, en Écosse, les traditions sont tenaces et les hommes ont continué de ne rien porter sous leurs kilts –, avant de se reconvertir dans le fumage des saumons dans la gigantesque cheminée de son salon, tout en arrondissant ses fins de mois en ouvrant grandes, chaque week-end, les portes de sa demeure aux touristes à la recherche de frissons et de fantômes. 2 000 francs la nuit, breakfast, saumon, whisky et bruits de chaîne compris. Ça ne désemplit pas. Et cela les empêche de venir passer le week-end à Paris. Idéal.

Victoire a un frère, Scott Junior. Parti s'établir en Australie, voilà dix ans, où il a monté toutes sortes d'affaires mirobolantes : exploitation d'un gisement aurifère, fabrication de sols de tennis en sable aggloméré du désert de Simpson, beaucoup plus souple que la traditionnelle terre battue, pêcheries de corail et usine de traitement d'abats de kangourous pour l'alimentation des chats.

Scott Junior se manifeste rarement. Sauf à Noël où il ne manque jamais d'expédier quelques pépites à sa sœur et douze boîtes de Corned-Kangourou à Charles-Édouard qui en raffole et qui, lorsque le stock est épuisé, répugne à revenir à son traditionnel Whiskas.

Nous sommes déjà allés, Victoire et moi, deux fois en Écosse. Jamais encore en Australie. Je sais qu'elle en rêve. Un jour, peut-être...

En attendant, nous passons une soirée merveilleusement cool. Sans télé. Ni phone, ni vision. Avant d'aller m'enfermer dans mon bureau, je la regarde avec tendresse dessiner, tout en tirant la langue, la rade de Genève avec bateaux blancs et geyser au milieu du Léman. Elle a décidé de reprendre sa BD de zéro. Ce sera, m'explique-t-elle, une histoire pleine de princesses d'opérette venues faire leurs études à Crans-Montana et de méchants conspirateurs barbus aux yeux d'épervier surgis des sables de l'Arabie. Bref, un scénario suffisamment débile pour que ça marche le jour où elle ira plus loin que le premier dessin.

Je l'embrasse puis pars travailler sur un projet de lancement d'une marque de lessive. Quelque chose d'un peu moins tartignolle que le sempiternel : « Bonjour, madame Michu, si je vous propose trois barils de Z contre un baril de X, qu'est-ce que vous me direz ? »

J'ai décidé de prendre le taureau par les cornes. Puisqu'on me barre la route dans les agences, j'irai voir directement les fabricants en leur proposant la campagne, clés en main. Malheureusement, l'inspiration ne vient pas. Il n'y a pas huit mille manières de vendre un baril de lessive et les ménagères adorent pouvoir refuser quand on leur en propose trois pour un. C'est tellement agréable d'être con en ayant l'air intelligent.

À 3 heures, je vais me coucher. Sans avoir rien trouvé de valable. Le vertige de la page blanche n'est pas réservé qu'aux seuls écrivains.

Il doit être 9 heures - 9 heures et quart, lorsqu'une délicieuse odeur d'œufs frits au bacon, de pain grillé et de thé au jasmin me tire de ma torpeur. Mmmmh ! Quel délicieux réveil. Et quelle bonne idée d'avoir épousé une Écossaise.

Je m'étire dans mon lit, me replonge la tête sous l'oreiller et décide de me réveiller tout doux tout doux en attendant que Victoire débarque avec le journal et le plateau du petit déjeuner.

Cinq, puis dix minutes s'écoulent. Rien. Que pasa ? Je me lève en titubant un brin pour aller aux nouvelles et manque de m'étaler dans le couloir : mes chemises, mes pulls sont en tas, à même le sol, formant ainsi un joli piège à con. À la dernière seconde, je me rattrape à la porte du placard, mais n'en fais pas moins tout le couloir en vol semi plané.

Mon passage Icaresque devant la porte du salon entraîne quelque effroi. Victoire sursaute, sa visiteuse se fige.

Marguerite ! Horreur et damnation ! Marguerite est là ! Ils ont dû craquer à Lariboisière et la remettre dans le circuit !

Je pénètre dans le salon, pas vraiment aimable. Marguerite se lève, la mine pincée, tire sur sa copie Hermès qui a connu des jours meilleurs, essaye d'effacer son embonpoint en rentrant l'estomac, ce qui fait saillir sa croupe, essuie ses doigts confiturés à la marmelade d'oranges et prend cette mine coupable, cette mine absurde de pécheresse surprise la main dans la braguette d'un bénédictin et qui vous culpabilise, vous, alors que vous n'avez encore rien fait ni rien dit.

– Albert, Darling, regarde, c'est Marguerite !

Comme s'il pouvait y avoir erreur.

– Tu te rends compte comme c'est gentil, Darling, elle sort à peine de l'hôpital et elle vient déjà nous dire bonjour.

Je marmonne un vague salut et pars vers la cuisine : la poêle est vide, il n'y a plus d'œufs, la théière est froide mais – de quoi se plaint-on ? – il reste des biscottes sans sel. Pendant que je me prépare un Nescafé à l'eau tiède, j'entends l'autre qui s'excuse, qu'elle n'aurait jamais dû venir ainsi, que décidément elle a le chic pour déranger et qu'il vaut mieux qu'elle nous laisse. Victoire lui dit que non que non, que même si cela ne se voit pas, je suis certainement ravi qu'elle soit passée, mais qu'il faut m'excuser parce que je suis toujours un peu ours le matin avant mon café. Non, non, geint l'autre, je ne suis pas idiote, je vois bien que je suis indésirable, j'aurais mieux fait de rester sur mon lit de douleur, au moins les infirmières sont gentilles, elles. Et pof, la voilà qui se met à pleurer.

Alors que je n'ai toujours rien fait, ni rien dit !

Bon, je ne vais quand même pas lui sauter au cou à cette dépression ambulante qui fait peur même aux chats noirs. Mais, comme je n'ai pas envie d'être accablé de reproches après son départ, je décide de baliser et retourne au salon, la bouche en cœur.

– Alors, Marguerite ?... Quel plaisir de vous revoir !

– C'est gentil, Albert, elle renifle.

– Ils vous ont gardée combien de temps cette fois ? À peine huit jours, non ?

– Tu es fou, Albert ! tranche Victoire. Marguerite est restée à la l'hôpital plus d'un mois et demi.

– Ah bon ? Ben ma foi, je n'ai pas vu le temps passer. J'aurais juré qu'elle était là, voilà même pas huit jours. Enfin, l'important, c'est que vous alliez mieux, n'est-ce pas, Marguerite ?

– Oui, oui, elle dit l'autre d'une voix à vous tirer les larmes.

Et le silence tombe. Lourd. Marrant comme la présence amicale, amicale j'insiste, d'un homme peut parfois suffire à faire retomber une ambiance intra-féminine. J'annonce donc que je vais aller faire ma toilette, salue les dames et m'éclipse. Malheureusement, cette fois, je ne parviens pas à rattraper la porte du placard et me retrouve les quatre fers en l'air au milieu de mes affaires.

– Albert Daaaarling, tu ne t'êtes pas fait mal, au moins ?

Et l'autre, à la porte du living, qui se tord les mains, que c'est évidemment de sa faute, qu'elle n'aurait jamais dû venir sonner à notre porte et que Dieu la pardonne s'il en a encore la force.

Je saigne du nez.

Marguerite retourne dans le salon en expliquant que c'est vraiment dégoûtant et qu'elle ne supporte pas la vue du sang.

– Je m'excuse ! Je m'excuse de m'être blessé grièvement ! hurlé-je tandis que Victoire me glisse une cuillère à café dans le cou en m'expliquant que c'est « oune trouc » pour stopper l'hémorragie.

Ça l'arrête.

Mais, avec mon coton-tige dans le nez, j'ai la haine.

– Victoire ! C'est quoi tout ce bordel, là, par terre ?

– Chut ! Ne crie pas, mon amour, ou tu vas recommencer à uriner du sang. C'est pour ses bonnes œuvres.

– Comment cela ? Ses bonnes œuvres ?

– Tu sais bien, Darling, que Marguerite s'est toujours occupée d'œuvres bienfaisantes. Les réfugiés, les refuzniks, les chômageurs, tous ceux qui ont faim et froid. Alors, j'ai trié les chemises et les pulls que tu ne mettes plus pour qu'elle pouisse les emporter.

– Mais putain, Victoire ! Tu es en train de lui refiler la moitié de ma garde-robe...

– C'est pour l'occuper, Albert, c'est pour qu'elle ne pense plus qu'elle est dépressivée. C'est pour qu'elle est content de voir qu'il y a plus malheureuses qu'elle.

– Quoi ! Tu vas lui donner cette chemise ? Et celle-là ? Mais je les adore ! Et celle-là, qu'on a achetée ensemble à Ibiza ! Non, mais ça va pas la tête, Victoire ?

– Albert, tu ne les mettes plus depuis trois ans !

– Oui, eh bien, justement, j'ai envie de les remettre. Et ce pull ?... Mon pull à col roulé, tu vas le lui donner ?

– Oui !

– Mais pourquoi enfin ?

– Parce qu'ils sont des gens qui n'ont même pas la chauffage pour eux !

– Putain, mais on est en plein mois de mai, Vick ! Personne ne fait marcher son chauffage en ce moment !

– Albert ?... Tu serais radine par hasard ? demande Victoire en laissant tomber ses bras le long de son corps.

Et la voilà qui se met à pleurer ! L'arme des faibles ! J'en ai marre ! Quel réveil ! Une île déserte ! Sans bonnes femmes, sans bonnes œuvres. Juste des chèvres ! Et des copains ! Des mecs qui n'ont pas de malheurs, qui aiment se marrer, carburer au calva et faire des concours de pets ! Où elle est cette île ? Allô, Trigano ? Tu la trouves, oui ou merde ?

Boum ! La porte d'entrée qui claque ! Marguerite vient de se faire la malle. Et Victoire qui m'insulte, me frappe la poitrine à coups de petits poings menus pour finir par m'arracher mon coton-tige.

Du coup, je pars à la poursuite de Marguerite. En pyjama. « Tiens ! vous avez aussi le pantalon aujourd'hui ! » me dit la concierge quand je passe devant elle. Je rejoins Marguerite en haut de la rue de Boulainvilliers. Elle ne veut rien entendre. Je finis par la ramener vers l'immeuble en lui faisant une méchante prise, genre torsion du bras jiu-jitsu.

Dans l'entrée, je croise le colonel en retraite du 4e droite qui me demande si j'ai besoin d'aide et s'en va très digne après que je l'ai rassuré.

Nous réintégrons l'appartement, j'installe Marguerite dans le divan et pars chercher chemises et pulls que je pose à ses pieds.

— Pardonnez-moi, chère Marguerite. Je suis odieux le matin au réveil, mais maintenant cela va mieux et Victoire m'a ouvert les yeux. Je tiens à participer personnellement au succès de vos œuvres. Prenez tous ces vêtements, c'est vrai que je ne les mets plus. Alors, s'ils peuvent faire des heureux...

— Bon, j'accepte, Albert, merci. Mais jamais, je n'aurais dû venir...

Ah non ! Elle ne va pas recommencer. Ras le bol ! Je me lève et me débarrasse en un tournemain de mon pyjama, haut et bas.

— Albert ! Tu es devenu folle ? crie Victoire, les yeux écarquillés.

— Non, ma chérie, mais je n'en ai plus besoin.

À partir de ce soir, chauffage ou pas, je dors à poil.

Et je quitte dignement les lieux tandis que Marguerite demande d'un air dégoûté à Victoire comment celle-ci peut bien faire pour me supporter.

Le lendemain soir, dîner à la russe. Marguerite a décidé de régaler. Pour fêter sa guérison et nous remercier de notre gentillesse. Victoire ayant insisté comme une folle pour que nous acceptions, j'ai fini par céder, à bout d'arguments.

– Mais tu es vraiment sûre que c'est elle qui invite ?... Parce que les restaurants russes, j'ai déjà donné. Avec le caviar, la vodka, les blinis et les balalaïkas, il y a très vite de quoi refinancer une révolution d'Octobre.

– Aaalbert, c'est Marguerite qui invite.

– Et on sera tous les trois ? Tu parles d'une folle gaieté ! Je ne peux même pas amener un pote ?

– Nous serons quatre. Elle apporte une copine. Une bonne femme très sympa, paraît-il, qu'elle a connue à l'hôpital.

– Et qui avait quoi, elle ?

– La même chose, une dépression. Mais elle est toute aussi guérite que Marguerite.

Bien. Il n'y a plus qu'à obéir. À l'heure dite, nous nous présentons chez Ladislas, petite « auberge russe » entre Montparnasse et Saint-Germain-des-Prés dont le Tout-Paris snobinard fait ses choux gras. Le décor, vieux et désuet, ne paye pas de mine mais apparemment le fumet du bortsch est appétissant.

Victoire est éblouissante dans son lamé or de chez Scherrer et à peine est-elle entrée chez les Ruskoffs que les conversations s'arrêtent. Je la suis, à un mètre, en roulant juste ce qu'il faut.

– Vos amies sont déjà là, murmure le maître d'hôtel en s'inclinant plus bas qu'il ne le faut et en nous guidant vers une petite alcôve éclairée aux chandelles tandis que les violonistes accompagnent notre pérégrination au son de « Kalinka ».

À peine arrivons-nous à la table que je saisis en un clin d'œil toute l'ampleur du désastre. Marguerite et sa copine sont déjà faites aux pattes, beurrées comme des quiches, rondes comme des queues de pelles. La vodka sur une fin de traitement aux euphorisants, cela vous est d'une efficacité à l'épreuve des balles. Voir la Manitout.

– Ah ! vous voilà enfin, hic !... Asseyez-vous ! Nous avons déjà vidé un petit carafon en vous attendant mais on va recommencer avec vous. Garçon ! Remettez-nous la même chose mais hic ! en plus grand !

Et elles se marrent toutes les deux comme si elles venaient de sortir la vanne du siècle tandis que l'ancien prince russe part coincé comme un faux col. Au moins deux ans qu'on ne l'avait plus appelé garçon.

Nous nous installons et Marguerite fait les présentations : Adeline... Victoire, Adeline... Albert, le mari. L'autre nous regarde, l'air chaviré et en tanguant plus que si elle était accrochée à la voilure du Pen Duick V au large du cap Horn. Voilà qui promet.

Le Popov, toujours coincé, dépose les cartes sur la table. J'en frémis pour Marguerite : le Strogonoff est au prix du caviar et le caviar au prix du pétrole époque première crise de l'Opep.

— Alors, mes amis, mes vrais amis, hic ! mes seuls amis... qu'est-ce que vous prendrez ? interroge notre amphitryonne tout en se faisant un cul sec à la santé d'Andropov, qu'il brûle en enfer, ce con-là.

Victoire me lance un coup d'œil un peu affolé par les prix. Marguerite a beau être une veuve aisée, c'est vraiment inflationniste comme tarif. J'annonce donc, gentleman, qu'une soupe aux choux et des blinis au tarama feront l'affaire.

Que n'ai-je dit ! Marguerite proteste qu'elle nous a conviés chez Ladislas pour saluer la fin d'une déprime et faire la fête, que les rabat-joie ne sont pas admis dans l'alcôve et qu'en conséquence ce sera Beluga gros grains, saumon fumé, et selle d'agneau grillée au fil du sabre pour tout le monde.

— Après tout, tu as raison, Marguerite ! Au diable, les varices ! rigole Victoire qui avale, en toussant un brin, son deuxième verre de vodka.

Je lui souris et décide de faire quelques salamalecs à l'autre invitée de Marguerite. Cinquante-cinquante-cinq balais. Cheveux gris en chignon blues. Maquillée mais mal, genre excusez-moi, j'avais la main qui tremblait un poil quand je me suis rimmellisée. Une robe mauve, style Nina Ricci revu Prisu, à peine égayée d'une broche en faux diamants de chez Burma. L'air doux et soumis. Oui, c'est cela, terriblement soumis. À moins que ce ne soit assommé aux neuroleptiques.

– Alors, Adeline, dis-je, tout sourires, vous voilà guérie, vous aussi ?

– C'est c' qu'ils disent, c'est c' qu'ils disent, me répond-elle l'air aussi épatamment gai que Salvatore Adamo quand il chantait « Tombe la neige ».

– Mais oui, mais oui, je fais, gêné un brin. Et... Euh, votre... votre époux n'a pas pu se joindre à nous ?

– Il est mort.

Ah ! Bien joué, Albert. Et t'en as d'autres comme celles-là ?

– Oui, oui, intervient Marguerite en dodelinant de la tête, Ernest a quitté hic ! ce monde, voici trois ans maintenant et c'est pour cela que ma copine déprime un peu de temps en temps. Mais ce soir, ça va, hein Adeline, on est guéries toutes les deux ?

– On fait aller, on fait aller, répond l'autre.

Je commence à sentir monter les fourmis lorsqu'on dépose devant moi la portion de Beluga. Le grain, gros et gris, à peine salé, explose délicatement sous la langue. Au saumon, d'un sublime rose Ispahan, les violoneux et les joueurs de balalaïkas investissent notre coin. Ils accompagnent une belle Slave aux yeux sombres et à la sensuelle voix de gorge. « Plaine, ma plaine. » « Les bateliers de la Volga. » « Les yeux noirs. »

Quand je vois Marguerite fouiller dans son sac, j'interromps son geste – « Laissez, laissez, chère Marguerite ! » – et je glisse 2 billets de 100 F à la chanteuse en indiquant quand même que c'est pour tout le monde. Du coup, on a droit à un bis : re-« Kalinka ».

Tandis que, sous la table, Victoire, coquine, pose son pied nu sur le mien, je termine le saumon. Lorsque je relève mon nez de l'assiette, c'est pour m'apercevoir avec horreur que Marguerite sanglote à fendre l'âme et qu'Adeline s'est carrément endormie.

À la selle d'agneau, il n'y a plus personne et les loufiats se tapent un bide d'enfer en arrivant avec leurs quartiers d'agneau embrochés sur des sabres de cosaques. Seule, Victoire applaudit mais elle a quelques difficultés à lancer sa main droite vers sa main gauche et cela ne fait pas beaucoup de bruit. Suffisamment, en tout cas, pour réveiller Adeline qui nous demande où elle se trouve avant de repiquer la tête dans ses doudounes. Quant à Marguerite, les joues encore striées de grosses larmes, elle ronfle carrément.

Nous terminons le dîner, Victoire et moi, en tête à tête. Elle est heureuse. Se sent romantique, se dit amoureuse. Me parle de Cannes, du Maschou. Personnellement, je pense déjà à autre chose.

Comment voulez-vous demander à une femme, ivre morte et sous calmants chimiques, de faire un chèque ? Je ne vais quand même pas lui tenir la main pendant qu'elle écrit 4 365 F et qu'elle signe ?

Je sors ma Carte Bleue et paye. Jolie soirée ! C'est mon banquier qui va l'aimer.

Aidés du personnel et de la dame du vestiaire – 100 F merci beaucoup, 50 F merci –, nous réussissons à extraire Marguerite et Adeline de leurs sièges, les habillons, les poussons sur le trottoir où, au bout de dix minutes, je finis par héler un taxi qui passait par là.

Je refile encore 100 F au chauffeur, un Noir qui ressemble à Michel Leeb, et lui suggère de se débrouiller avec ses deux paquets.

— Ah dis don' ! Tu me fais dindon avec tes deux doudous, proteste le mec derrière son volant.

Je rajoute un billet et il accepte d'emmener Marguerite et sa camarade.

Sur le pas de la porte, Victoire, pâmée, écoute les petits-neveux de Django lui donner la dernière aubade. Re-re-« Kalinka ». Oh merci beaucoup, tovaritch !

— Pourquoi on s'en va déjà ? proteste-t-elle quand je la prends par le bras.

— Il est tard, ma chérie, il est très tard.

— Alors, on va chez Castel ! C'est la bonne heure !

Bof ! Après tout... Au point où l'on en est. J'entraîne Victoire vers notre voiture. À l'instant où nous y parvenons, un véhicule s'arrête à notre hauteur dans un grand crissement de freins. Michel Leeb est de retour !

— Ah dis don' ! Tes deux doudous ne savent plus où elles habitent !

— Oh, écoute, elles me font chier ! Emmène-les à Lariboisière ! Elles ont une piaule là-bas !

— Albert ! Tu es folle ! Il n'en est pas question ! Si tu me les retransplantes dans le milieu des hospitaliers, elles vont recraquer.

— D'accord. Et alors ?... Qu'est-ce que tu veux en faire de ces deux alcoolos pathétiques ?

– On les rapporte at home ! Elles dormiront dans la chambre pour les amis.

– Jamais.

– Mais si, Albert !

Et Victoire monte dans le taxi, à côté du chauffeur qui louche sur ses ravissantes gambettes.

– Chauffeur ! Suivez cette voiture !

– Quelle voiture, madame ?

– Celle-là, crie Victoire en indiquant ma Renault.

– Ah dis don' ! hurle de rire le chauffeur. Celle-là, on ne me l'avait jamais faite ! Ah, ah, ah ! On me demande de suivre une voiture qui est arrêtée !

– Elle va rouler ! répond Victoire, boudeuse, les bras croisés sur son trop profond décolleté.

Je ne vais pas continuer à laisser ce salaud se rincer l'œil. Je monte dans ma guinde et j'embraye. Le convoi s'ébranle.

À la radio, chez Barbier, ils passent « Le Pont de la Rivière Kwaï ».

C'est assez entraînant comme air, finalement ce truc.

3 heures de l'après-midi. Je suis coolos à la maison. Seul, enfin. Marguerite et Adeline se sont éclipsées discrètement vers 11 heures. Marguerite a laissé sur la cheminée un chèque qui paye à peine sa part accompagné d'un petit mot : « Albert, gardez tout, pour le dérangement. » Victoire est partie tout de suite après le déjeuner au CIM, l'école de jazz de la rue Doudeauville dans le 18e. Depuis qu'elle a vu Dexter Gordon dans « Autour de Minuit », le saxophone est devenu sa nouvelle passion. Pire, elle a convaincu Edmée de se mettre au sax-baryton et Béatrice de Manitout à l'alto. À elles trois, elles commencent tout juste à savoir ânonner « Frère Jacques » et « How High The Moon ».

À mon humble avis, une passion qui durera moins longtemps que la rosette de Lyon mais qui, en attendant, m'assure quelque répit car les trois copines se sont inscrites en auditrices libres aux cours de Gérard Badini et s'en vont répéter deux ou trois fois par semaine dans un studio de la rue de Clichy.

Je suis donc quelque peu surpris en entendant sonner à la porte. Un huissier ? Les éboueurs pour leurs étrennes ? À peine ai-je entrouvert que je vois un inconnu, Burberrys sur le bras, se précipiter dans l'entrée.

— Bonjour, ma chérie ! Je suis un peu en ret... Oh ! Oh, veuillez m'excuser, monsieur. J'ai dû me tromper d'étage, je vais...

— Mais non, pas du tout, vous êtes à la bonne adresse, entrez donc, monsieur le ministre. Vous êtes ici chez vous.

Gilbert de Managuèze me dévisage, un peu gêné quand même.

— Ah ? Alors vous êtes sans doute le mari de...

— Victoire ? Pour vous servir, monsieur le ministre.

— Oui, hem... Et... vous êtes au courant apparemment ?

Voir un ministre de l'Intérieur dans ses petits souliers, je ne saurais dire pourquoi mais c'est carrément jouissif. Je lui explique, magnanime, que je suis effectivement au courant mais qu'en l'occurrence, son service de presse ne m'avait pas informé de sa visite. Sinon, j'aurais balayé.

— Je suis absolument confus, s'excuse-t-il. Je pensais que c'était Hélène qui allait m'ouvrir. Bien, bien... Il y a sans doute eu maldonne, je ne vais pas vous importuner plus longtemps.

— Mais je vous en prie. J'allais justement partir. Si vous voulez l'attendre, elle ne tardera sans doute plus.

À peine ai-je formulé mon invitation que le téléphone sonne. Pris d'un pressentiment, je décroche le portatif et après avoir fait signe à Managuèze de s'installer, je pars répondre dans la cuisine.

Bien vu. C'est Hélène au bout du fil. Apparemment paniquée.

– Albert, mon Dieu, vous êtes chez vous ! Je vous en supplie, n'ouvrez à personne ! Si on sonne, faites le mort.

Je ferme la porte qui donne sur l'entrée, mets en route le robinet d'eau chaude, celui qui fait tchaca-plouf, tchac-a-crac pour le cas où je serais sur écoute et demande innocemment à Hélène ce dont quoi il s'agit.

– Albert, j'ai fait une gaffe épouvantable. J'avais oublié que j'étais de permanence à la télé cet après-midi et j'ai donné rendez-vous chez vous, à...

– Managuèze ? Eh bien, il est déjà là, je réponds avec une pointe de sadisme.

– Quoi !

– Ben... oui !

– Lequel ?... Lequel, Albert ?

– Comment cela, lequel ? Eh bien, le père, Hélène.

– Mon Dieu ! C'est une catastrophe !

Je l'entends qui gémit, geint, se tord les mains. Et lui suggère de m'expliquer.

– Je me suis emmêlée les pinceaux, Albert. Le fils, Michel, risque aussi de rappliquer. Je me suis trompée d'une semaine dans mon planning et j'ai donné rendez-vous aux deux le même jour. Albert, vous devez les empêcher de se trouver nez à nez, ils s'entre-tueraient. Si l'autre vient à sonner, il faut que vous l'empêchiez d'entrer, il ne faut pas que Gilbert aille ouvrir. Sauvez-moi, Albert. Vous pourrez me demander tout ce que vous voulez, je le ferai. Tenez, ce soir, avec Victoire, je vous invite chez Morot-Gaudry. Fromage et dessert, d'accord ?

Dans le téléphone, j'entends alors la voix du régisseur qui grésille dans le haut-parleur : « Hélène ! Hélène attention ! C'est à toi ! L'antenne dans dix secondes ! » et Hélène raccroche. Les téléspectatrices ne vont pas être déçues du voyage.

Je retourne dans le salon. Managuèze est debout, tout songeur. Il fait mine de se diriger vers la porte. Il faut que je l'en dissuade, son fils est peut-être dans l'escalier.

— Je vous en prie, monsieur le ministre, vous n'allez pas partir ainsi. J'ai un vieux Delamain dont vous allez me donner des nouvelles.

Je n'ai pas terminé mon invite que le pire se réalise : on sonne à la porte. Trois petits coups, pressés.

— Ah ! ce doit être Hélène ! soupire le ministre, brusquement rasséréné.

— Non, monsieur le ministre, ce n'est pas Hélène ! Alors, vous êtes gentil, et vous ne bougez pas !

— Allons donc ! Vous plaisantez, cher ami ! Laissez-moi aller ouvrir à ma petite fiancée.

— Écoutez, monsieur, je ne sais sur quel ton vous le dire. Je ne veux pas que vous alliez ouvrir, c'est clair ?

— Ah, ah... Un rendez-vous galant, vous aussi ?

— C'est cela, c'est cela !

Qu'il croie ce qu'il veut, ce con !

Et, derrière la porte, l'autre abruti de fils Managuèze qui a des fourmis dans la braguette et re-sonne sur l'air de « Ce n'est qu'un début, continuons le combat ».

– Oh ! je sens que c'est Hélène, tente encore le ministre. Laissez-moi donc aller...

– Silence ! je vous dis. Ce n'est pas elle. Je viens de lui parler au téléphone. Elle est à la télévision. Tenez ! Vérifiez si vous ne me croyez pas.

Et je lui lance la télécommande qu'il rattrape au vol. Il allume. L'image sans le son. Et l'on tombe sur Hélène, rimmel en détresse, qui finit d'annoncer un nouvel épisode, absolument pâl-pi-tant de Dynasty.

L'autre, derrière sa porte, apparemment s'est lassé. Ouf ! Je respire.

– Je suis désolé d'avoir été présent à un moment aussi inopportun, me lance Managuèze, ironique. Vous faites dans quoi, exactement ? Traite des Blanches ? Trafic d'héroïne ? À moins que vous n'achetiez des secrets nucléaires ?...

– Vous êtes malade ou quoi !

– Pas le moins du monde. Par contre, vous, je ne sais pas. Avouez, cher monsieur, que votre comportement est pour le moins bizarre, non ?

Je sors la bouteille de Delamain et nous en sers deux comme ça. Puis, m'approche de la fenêtre, vois en bas Managuèze Junior qui taille la route et me tourne vers mon hôte.

– Le temps de boire ce petit verre et vous serez libre, monsieur le ministre.

Il sourit.

– Et vous ne croyez vraiment pas que vous me devez quelque explication ?

– Vous les réclamerez à Hélène si cela ne vous dérange pas trop.

– C'est drôle, me répond-il songeur, j'étais venu pour rompre.

Ah ! Voilà bien la meilleure que j'aie entendue depuis des années. Je viens de faillir menacer un ministre en exercice et c'eût été pour rien ! Les amies de ma femme, je commence vraiment à en avoir ras-le-bonbon. Je me laisse choir sur le divan. Managuèze s'installe lui dans la bergère Louis XVI.

– Oui. Hélène aura été pour moi comme un merveilleux été indien. Une jolie bouffée d'oxygène sur ma fin de parcours. Mais... j'ai toujours su que cela ne serait pas éternel. Elle est jeune, elle est belle, elle a droit à autre chose qu'un vieux birbe qui espionne les Russes et fait matraquer les grévistes. Depuis quelques jours, je la faisais bénéficier, sans qu'elle le sache, d'une protection rapprochée. Pour le cas où... Vous savez, avec tout ce qui se passe. Et j'ai trouvé, hier, sur mon bureau, un rapport accablant. Que je n'avais pas demandé. J'ai ainsi appris qu'il y avait un autre bonhomme dans sa vie.

Putain ! S'il savait !

– C'est normal, poursuit-il tout en frottant ses Church non cloutées l'une contre l'autre. Pour Hélène, je ne suis qu'un vieux débris. Oh, je crois qu'elle m'aimait bien mais il lui faut autre chose. Place aux jeunes ! Il n'empêche que, quand je connaîtrai le nom du salopard qui m'a cocufié, je m'arrangerai pour faire mettre chaque jour un sabot de Denver à sa bagnole. Même quand elle sera dans son parking !

– Allons, allons, monsieur le ministre ! Vous êtes au-dessus de ça, non ?... Allez, à la bonne vôtre !

Et nous trinquons comme deux vieux CRS

après une manif réussie. Et soudain – bon, ben, quand on est con, on ne se refait pas – j'ai l'idée qui tue.

– Oh, après tout, maintenant, je peux bien vous le dire. Le type qui, tout à l'heure, sonnait comme un malade à la porte...

– Oui ?

– Eh ben, c'était l'autre ! Hélène m'avait appelé pour me dire qu'elle s'était embrouillée les pinceaux dans ses dates et qu'elle vous avait donné rendez-vous à tous les deux ! Voilà, c'est tout. En vous empêchant d'aller ouvrir, je voulais simplement éviter un massacre.

Managuèze me dévisage avec des yeux en billes de loto, puis renverse la tête et se met à rire, à rire, à rire. Stimulé, j'embraye. Et l'on se retrouve tous les deux, les quatre fers en l'air, à hurler, gorges déployées. Cinq minutes ! Cinq minutes, montre en main.

C'est bien simple, on se marre très précisément jusqu'à l'instant où l'on entend, dans la porte, tourner la clé puis la voix de Victoire qui dit :

– Hélène ne m'avait rien dit, cette idiote... Mais entrez donc, elle ne va sûrement plus tarder.

Et Michel de Managuèze fait son entrée dans le salon, escorté de Victoire, Edmée et Béatrice de Manitout, leurs étuis à saxo sous le bras.

Au théâtre, dans un cas pareil, c'est absolument génial. Ils font tomber le rideau, les spectateurs ravis applaudissent, les lumières se rallument et tout le monde va boire une coupe ou faire pipi. Là, on ne peut pas vraiment faire pareil. On reste donc tous figés, glotte paralysée, guibolles en compote. Grévin. Tussaud. L'assassinat de Marat par Charlotte Corday. Plus un pet de vent dans les branches de sassafras. Jeudi Noir à Wall Street. Massacre à la Black et Decker. Ça dure bien dix secondes. Puis, simultanément, Victoire s'exclame : « Gilbert ! Quel plaisir de vous voir ! » Le fils Managuèze suffoque : « Papa ! Qu'est-ce que tu fous là ? » tandis que l'autre lui répond : « Et toi, mon salaud ? »

Et il y a de nouveau silence. Tempête sous les crânes. Avant que ne débute le concours du plus beau mensonge.

Gilbert de Managuèze :

– Albert et Victoire sont des amis de longue date. C'est bien simple, je les connais depuis plus longtemps que les faux époux Turenge, c'est te dire.

Michel de Managuèze :

– C'est incroyable comme coïncidence. Moi,

c'est euh... Madame – il désigne Edmée – qui est une vieille, enfin je veux dire, une amie de longue date aussi. Je l'ai rencontrée dans la rue alors qu'elle descendait d'un taxi avec Madame – il s'incline – et Madame – il s'incline –, nous avons devisé gaiement et Madame – il indique Victoire – m'a très gentiment proposé de venir boire un verre de porto...

Edmée :

– Oui, enfin c'est moi qui lui ai proposé de monter...

Béatrice de Manitout :

– On voulait lui faire écouter notre version de « Tiger Rag ».

Seule, Victoire ne ment pas. Perplexe, elle a une question à me poser.

– Mais toi, Albert, tu n'es pas à la bureau ?

Heureusement, le ministre vole à mon secours.

– C'est ma faute, c'est ma faute, chère Victoire. Albert partait quand j'ai sonné à l'improviste et, vous savez ce que c'est, non ? Nous nous sommes mis à parler du bon vieux temps et nous n'avons pas vu le temps passer. Mais maintenant, je dois m'en aller, j'ai un conseil restreint à Matignon, ces Messieurs vont s'inquiéter.

L'atmosphère se détend enfin un brin. Mais Victoire a deux copines avec elle. Il faut donc qu'il y en ait une plus tarte que l'autre. En l'occurrence, c'est Edmée.

– Oh, venez voir ! s'écrie-t-elle. Hélène ! On voit Hélène à l'image !

J'ai oublié d'éteindre la télé et Dynasty vient de s'achever sur un nouveau coup tordu de Joan Collins. Hélène est à nouveau à l'image.

Une chape de plomb s'abat sur l'assemblée. J'observe Managuèze père. Il regarde Hélène en souriant puis me fait un clin d'œil. Ouf ! Classe le mec. L'affaire va peut-être mourir de sa belle mort. Sans cadavre arrosé d'essence dans les bois de Saint-Cucufa.

– Bon, ben maintenant, c'est pas tout, intervient Edmée, nous allons vous exécuter « Tiger Rag ».

Et elles déballent leurs instruments.

– Je suis absolument confus mais je dois vraiment m'en aller, s'excuse Managuèze père qui n'en peut vraiment plus et doit préférer conserver en mémoire le « Tiger Rag » de Satchmo et Kid Ory. Une autre fois, peut-être...

Il baise la main des trois solistes en pâmoison, serre la mienne et tapote la joue de son fils.

– Au revoir, petit. Il faudrait peut-être que nous dînions ensemble un de ces soirs. Nous ne nous voyons sans doute pas assez en ce moment.

– Mais père... Nous avons dîné ensemble, hier soir.

– Oui, oui, bien sûr.

Et le ministre de l'Intérieur s'en va faire un tour dehors.

Michel de Managuèze le regarde partir, perplexe.

– Vous ne trouvez pas mon père un peu bizarre ? nous interroge-t-il dès que la porte s'est refermée.

– Mais non, mais non, pas du tout ! répond-on tous en chœur.

– Je l'ai rarement vu dans cet état-là, continue Michel.

– Ça doit être la surmenage, suggère Victoire.

– Oui, sans doute... N'empêche... Quelle coïncidence ! Si Papa m'avait trouvé là, dans les bras d'Hélène, je pense qu'il aurait été surpris.

– Ah ? Tu crois ?

– On ne prend finalement jamais assez de précautions quand on a la bêtise de faire une petite entaille à son contrat, continue Managuèze comme perdu dans ses pensées. Tout cela est d'autant plus étrange que j'étais venu pour rompre avec Hélène.

– Quouaaaah ? fait le chœur qui n'en peut plus.

– Oui, je crois que ma femme se doute de quelque chose et je n'ai pas envie de lui faire de la peine. Ni de subir ses représailles. Elle m'a toujours menacé de coucher avec le premier venu si un jour je la trompais...

– Elle est comment votre femme ? je demande à tout hasard.

– Ravissante ! me répond Victoire en souriant. Je l'ai vue l'autre jour, chez le coiffeur. Dans *Jours de France*.

– Bon, ben, on se le fait ce « Tiger Rag » ? intervient la de Manitout en léchant langoureusement l'anche de son sax alto tandis qu'Edmée croule sous le poids de son baryton.

Et elles se le font. Un-deux, un-deux-trois-quatre. Whouam Papam Papam, Papam Padam. À part les canards, elles ratent tout. Le break. Le pont. Les dièses. Les bémols. L'entrée. La sortie. Pauvre tigre. C'est plus un rag, c'est d'la rage.

Mais comme Managuèze fils et moi-même sommes gens de bonne compagnie, nous applaudissons à tout rompre dès qu'elles ont fini d'achever la bête, et les trois dames se rengorgent, plus fières qu'Horovitz au terme d'un cinquième rappel à Carnegie Hall.

Puis, Michel de Managuèze prend congé fort civilement. À peine a-t-il tourné les talons que Victoire est au téléphone, sur la première ligne, pour tout raconter à Armelle, ça lui remontera le moral. Tandis qu'Edmée part dans la chambre appeler Marguerite, ça la fera rire.

Un quart d'heure plus tard, après s'être assurée par téléphone que le champ de bataille a bien été dégagé, Hélène déboule, un magnum de champ' à la main. Hilare. Essoufflée. Encore maquillée télé. Et l'appartement devient volière en folie, harem jour de paye, bal masqué à Charenton un soir de grève à l'EDF.

– Et tu ne connais pas encore la meilleure, annonce Edmée lorsque ces dames parviennent à reprendre souffle.

– Non ? répond Hélène, sur la défensive.

– Ils voulaient rompre ! Ah, ah, ah !

– Il voulait rompre ! Lequel ?

– Les deux ! on clame en chœur.

– Ah non ! proteste Hélène, visage fermé. Cela, je ne puis l'accepter. C'est à moi de rompre, pas à eux !

Elle s'empare du téléphone, sort son agenda, appelle Matignon, demande à parler à Managuèze, tempête qu'elle n'en a rien à cirer qu'il soit en réunion avec le Premier ministre, hurle que c'est urgent et classé « Secret Défense ».

Au bout de trois minutes, elle a Managuèze en ligne.

– Gilbert ?... C'est Hélène ! Je voulais simplement vous dire qu'il vaut mieux que nous nous quittions. Non non, Gilbert... Je me rends parfaitement compte que je suis un poids pour vous, qu'il vaut mieux que je m'en aille. Je me sacrifie à la bonne marche du pays, Gilbert, c'est tout. Comment ? Si j'en aime un autre ?... Pas du tout, Gilbert. Oui... oui, pour moi aussi. Cela restera comme un souvenir merveilleux. Oui, Gilbert, il nous restera la tendresse et la complicité. Et l'émeraude ?... Ah bon ?... Je peux la garder ? C'est trop, c'est trop ! Vous savez, monsieur le ministre, vous étiez trop bien pour moi... Oui, moi aussi. Je vous embrasse.

Elle raccroche. Hurle de rire. Et se met à danser tout en nous montrant son annulaire orné d'une magnifique émeraude de chez Boucheron. Les autres réattaquent « Tiger Rag ».

– Je peux la garder, je peux la garder ! chante Hélène. Vive les poires, c'est magnifique.

Puis elle redevient sérieuse.

– Bon, maintenant, on va essayer de garder les anneaux Cartier ! annonce-t-elle tout en agitant son joli poignet bronzé tandis que de l'autre main elle fait le numéro de Managuèze fils.

À qui elle tartine un long baratin duquel il ressort en gros qu'elle ne veut à aucun prix jouer les briseuses de ménage, et que ce sera bien plus joli pour tous les deux de vivre sur un tendre souvenir. L'autre, il approuve, c'est peu de le dire, et il finit par la supplier de garder, en forget me not, les trois petits anneaux d'or de la place Vendôme.

Elle finit par accepter. Mais juste pour lui faire plaisir.

Nous sommes vraiment tous des cons.

Écœuré, je les laisse partir toutes les quatre au restaurant et, après avoir partagé une boîte de sardines portugaises au piment avec le chat, je vais me coucher.

Je dors depuis une demi-heure lorsque j'ai une Marie-Rose très mondaine au téléphone. Avant même que je n'aie le temps de l'incendier, elle me passe Féfé.

– Albert ! Ça boume ?

– Oui, je dormais, mais à part ça, ça boume.

– Tu dormais déjà ? Oh ! le minable ! Nous, on vient de se regarder une cassette. « Les hommes préfèrent les grosses. » Super, ouais, vraiment super, hein Marie-Rose ?

Et je les entends qui se bécotent en minaudant comme des têtards. Le lavage de cerveau est en route et Féfé est aux ordres. J'entends encore Marie-Rose me crier que Ferdinand lui a fait un cadeau ma-gni-fi-que et qu'elle passera à la maison pour nous le montrer puis Féfé décide de prouver que c'est lui le Boss, invite Marie-Rose à la fermer vu qu'il a à parler affaires. Là-dessus, comme prévu, il essaie de me taper – j'investis et on partage les bénéfices en deux parts égales – pour les courses de demain à

Cagnes-sur-Mer. Il faut, dans la deuxième, faire un couplé gagnant sur Picasso et Pique-Assiette. Du plus que sûr. Du placement père de famille. La mise décuplée en moins de trois minutes.

Excédé, je raccroche.

Le lendemain à 16 heures, je suis boulevard Saint-Germain, en train de me faire couper les douilles chez Gérard Bellaich lorsque *France-Inter* diffuse son flash horaire. Le ramassis de bonnes nouvelles habituelles : détournement d'un Boeing au Koweït, découverte d'un réseau de fausses factures à Marseille, augmentation du prix des carburants et Line Renaud qui prépare sa grande rentrée à l'Olympia. Au moment où le journaliste annonce qu'il va passer la parole à Lionel Obadia, en direct de Cagnes-sur-Mer, je ne peux m'empêcher de suggérer à Bellaich de monter un peu le son. Cela a été plus fort que moi. Et l'on entend Obadia annoncer que la troisième a vu le triomphe de deux tocards qu'aucun pronostiqueur n'avait su repérer : Picasso et Pique-Assiette, respectivement à la cote de 58 et 43 contre 1 et qui ont mis vingt longueurs d'avance à tous les favoris. L'on peut donc s'attendre à un bien joli couplé, style 7 à 8 000 F pour 10 balles.

— Vous vous rendez compte, Albert, me dit Joël tout en m'égalisant les pattes, vous mettiez un petit billet de 100 F sur ces deux tocs et vous vous retrouviez avec huit bâtons in the pocket !

Je ne réponds même pas. Deux fois en deux jours que je rate le coche. Deux fois que Féfé m'offre, sur un plateau, les noms des chevaux **gagnants** et que je fignole, fais la moue, la fine gueule, tout cela sous le prétexte que j'ai des principes et que je pense qu'il n'est de bon argent qu'honnêtement gagné.

Je rentre à la maison d'une humeur de dogue et, lorsque j'entends la voix de Marie-Rose dans mon saloon, je sens tous mes poils du dos se hérisser.

– Oh là, dit Victoire perspicace, Albert, tu as ton tête des mauvaises jours. Viens t'asseoir et détends-toi, je vais te préparer une joue de carotte.

Sous-entendu : ça rend aimable.

– J'en boirais volontiers un, moi aussi, approuve Marie-Rose.

– Non, chérie, c'est gentil, je réponds, un peu amadoué par la douceur de l'accueil, mais je vais aller prendre une douche bien fraîche…

– Non, Albert ! Impossible !

– Quoi ! Cette saloperie de douche est encore tombée en carafe ?

– Non, non, ce n'est pas ça.

Et ces dames de pouffer. Hi hi hi. Que non vraiment pas. Qu'il vaudrait mieux que la douche j'oublie jusqu'à plus ample informé.

– Mais je crève de chaud, Victoire ! Il fait 32º à l'ombre, dehors !

– Oui, mon chéri, je comprends bien mais il y a déjà quelque chose dans le baignoire…

– Quelqu'un, Victoire, pas quelque chose.

– Oui, Albert, si tu préfères. Quelqu'un.

Et les voilà qui re-pouffent. Je hais la complicité inter-nanas. Elle se pratique toujours aux dépens du mâle.

– Bon, ben, j'attendrai.

– Oh, remarque, dit Marie-Rose à l'adresse

de Victoire, il y a une bonne demi-heure qu'il barbote maintenant. Je vais aller le chercher. Après tout, je l'ai amené pour que vous fassiez sa connaissance.

Et elle part en se dandinant.

– Elle n'est plus avec Ferdinand ? je demande.

– Mais si, Albert. Ils sont toujours dans la colle.

– Alors qui c'est ce mec qui est dans ma baignoire ?

– Tu vas voir. Il est terrible !

– Le voici, le voilà, minaude l'autre dans le couloir.

Je tourne la tête pour voir qui va apparaître.

Heureusement que je ne porte pas de pace-maker. À tous les coups, il aurait disjoncté. Le coquin de Marie-Rose est dans ses bras. Et il mesure entre deux et trois mètres.

– Dis bonjour à Albert, lui souffle celle-ci dans l'écaille qui doit lui servir d'esgourde.

Et le python royal du Gabon tend vers moi sa petite langue agile.

En un millième de seconde, je me retrouve debout sur le canapé, dos incrusté dans le mur. Sont cons ces architectes de faire des trucs en béton. On ne peut pas vraiment s'y enfoncer en cas d'urgence.

– Mais enfin, Albert, rigole Victoire, vous être ridicule ! Une python, ce n'est pas venimeuse !

– Ça étouffe seulement, complète Marie-Rose. D'ailleurs, Albert, si vous pouviez venir m'aider, il s'est enroulé autour de mon bras et j'avoue qu'il serre un peu fort.

– Jamais ! Jamais, je ne toucherai à cette saloperie !

Je ne suis pas spécialement trouillard. J'ai fait mon service militaire – dans les bureaux, à la caserne de Reuilly –, j'ai même été une fois dans le train fantôme mais les serpents, c'est comme les araignées pour Edmée, ça m'épouvante complètement.

Je reste donc incrusté tandis que Victoire aide en riant sa copine à se débarrasser des anneaux constricteurs. À peine posé sur la moquette, le snake, visiblement revigoré par son bain dans MA baignoire, se met en branle et fonce vers le divan dont j'occupe le sommet. Je bondis sur la cheminée et du coup fais choir le somptueux bouquet de Gilbert de Managuèze.

Stoppé dans sa reptation, le python se redresse, en position de combat, la tête oscillant d'un côté à l'autre, comme s'il ajustait sa cible : moi !

Et c'est alors que j'entends le crachement. Mes cheveux, pourtant fraîchement coupés, se dressent sur ma nuque comme un seul homme. J'ai lu, dans ma jeunesse et dans la collection *France-Loisirs,* de terrifiants récits de voyage au cœur de l'Afrique. Et je sais, oui je sais qu'il existe là-bas des serpents cracheurs qui, à deux ou trois mètres de distance, sont capables de vous envoyer leur venin au fond de la prunelle. Allô Ray Charles, Stevie Wonder et Gilbert Montagné ?... Attendez-moi, les copains ! Dites ?... Vous m'apprendrez à chanter ?

Me protégeant les yeux de mes doigts entrouverts, je tourne la tête, millimètre par millimètre, dans la direction des crachements : en haut de la bibliothèque, Charles-Édouard est en position de combat rapproché. Oreilles aplaties, poil dressé, queue gonflée, dos en accent circonflexe.

Et ces deux salopes, là en bas, qui hurlent de rire en se tenant les côtes.

Je ne consens à redescendre de la cheminée qu'après que la bête immonde eut été renfermée dans le doggie-bag de Marie-Rose et celui-ci déposé dans la chambre d'ami. Charles-Édouard, quant à lui, décide de camper sur ses positions et crache encore quand Victoire, pour se faire pardonner, vient déposer à ses pieds une soucoupe emplie de miettes de thon.

J'attends d'avoir terminé mon triple scotch sans glace, pour tenter d'en savoir plus et comprendre la raison qui a bien pu pousser Ferdinand à offrir un python, et non pas un boa comme tout le monde, à sa douce.

— C'était sa comm', m'explique Marie-Rose tout sourires. Il a servi d'intermédiaire dans une transaction entre un chasseur de reptiles et un consortium de zoos européens. Le bonhomme a pu ainsi écouler une quinzaine de serpents et d'alligators et plutôt que de refiler une poignée de francs CFA à Féfé, il a eu la délicatesse de lui offrir l'un des plus beaux du lot. Cet amour de Ferdinand m'en a aussitôt fait cadeau. Quand je pense que j'ai pu dire du mal de cet homme... Mais vous allez voir, Albert, c'est très attachant ces petites bêtes.

— Ça, Marie-Rose, cela m'étonnerait. Je vous appelle un taxi quand vous voulez.

— C'est que...

— C'est que quoi ?

— Victoire a accepté d'être la marraine, Albert...

— Oui, Darling, je n'ai pas pu résistancer.

Elle est tellement mignon cette python, alors, tu comprends...

— Bon, ben, tu es la marraine ! On n'en est plus à une connerie près. Mais je ne vois pas...

— Eh bien, Albert, m'interrompt Marie-Rose tout en se regroupant pour faire face à la coulée de lave incandescente qu'elle sent arriver, la marraine doit garder le petit quand nous ne sommes pas là. Et Ferdinand vient de m'appeler depuis Vincennes. Il a gagné 24 900 F avec une mise de 30. Du coup, nous nous envolons tout à l'heure pour Venise. En fait, j'étais venue vous montrer le serpent et je repars sans. Ah ! Il s'appelle Einstein. Nous voulions d'abord l'appeler Albert, comme vous, mais il nous a paru tellement intelligent que nous avons opté pour Einstein.

Je regarde Victoire. Sans voix. Démoli. Vaincu.

— Albert, on la laissera enfermée dans la chambre des amis et je la lui ferais prendre son bain que quand tu ne seras pas là. Et comme ça, si tu veux, je pourrai décommander Edmée.

— Edmée ?

— Ben oui, Albert, souvenez-toi. Il était prévu depuis la longue date qu'elle vienne dîner ce soir mais je pense que si je loui annonce qu'il y aura aussi une serpent, elle ne viendra pas.

Et voilà. Pas plus compliqué que cela.

Edmée dans mon potage ou Einsten dans ma baignoire ?

Je fais comme Eve. Je choisis le serpent.

Marie-Rose se lève. Il faut qu'elle y aille maintenant. Ferdinand risque de s'inquiéter.

— Et qu'est-ce qu'il faudra lui donner à manger à l'heure du thé ? interroge, inquiète, la toute fraîche marraine d'Einstein.

— Oh, rien du tout, ma chérie ! Il s'est fait un lapin à Libreville avant de prendre son vol UTA. Nous avons au moins quinze jours de calme devant nous et comme nous ne partons que quarante-huit heures...

— Et si elle a soif ?

— Dans ce cas, tu le baignes et puis, tu peux toujours essayer de lui faire avaler un peu de lait concentré sucré en tube...

— Avec la tube ?

— Non, Victoire, dans une soucoupe.

— Et s'il gobe la soucoupe ? je lance, ironique.

— Je remplacerai la pièce manquante, répond Marie-Rose, souveraine; vous savez, Albert, à la Maison de la Chimie, il y a souvent du Limoges.

Victoire décide d'aller acheter immédiatement le tube de Nestlé pour le pauvre petit (trois mètres, quand même !). Et tiens ! oui, au fond, c'est une idée, si elle en profitait pour vite aller faire un bisou à Edmée, ce serait plus gentil et puis elle pourrait lui raconter. Tu me déposes au passage, Marie-Rose ? Ça ne t'ennuie pas au moins, Darling ?

– Non ! Pas du tout ! J'en profiterai pour aller prendre un bain, après avoir lessivé l'émail à l'eau de Javel.

Elles s'en vont faire un bisou à Einstein qui roupille dans le doggie-bag et dégagent enfin le plancher.

Mon bain est presque coulé quand j'ai Féfé au bout du fil.

– Albert ? Il y a contrordre. Tu dis à Marie-Rose de ramener son vibromasseur, s'il te plaît ?

– Comment ?

– Oui. Qu'elle remporte le snake. On ne part plus à Venise. Je suis sur un coup. Énorme. La croisière est ajournée. Sine die.

– Mais Marie-Rose n'est plus là, Ferdinand !

– Meeerdeu ! Dis donc, Albert, tu ne pourrais pas me rapporter Einstein ?

– Jamais !

– Je paye le taxi !

– Jamais, Ferdinand, jamais, tu m'entends !

– Ah, je vois... Monsieur fait une allergie aux écailles. À moins qu'il n'ait les foies, tout simplement ?

– Je n'en ai rien à cirer de votre constricteur. Si tu veux le récupérer, tu viens le chercher. Sinon, je le balance dans le vide-ordures...

– Bon, ben j'arrive. Mais je ne ferai que passer. Je dois préparer mon rendez-vous de demain...

– Il n'y aurait pas moyen de me caser dans

ta combine, par hasard ? Tu sais, je rame sec en ce moment.

— Non, Albert, franchement, je ne crois pas. C'est un coup en solo. Et puis, tu es trop... pur, trop honnête...

— Trop con, quoi ?

— Ben... Si tu le dis. Mais... tu n'as toujours rien en chantier ? Pas encore retrouvé de boulot ?

— Si, si. Enfin, non. Je réfléchis, quoi. J'étudie les propositions.

— Mmmh-mmmh, je vois.

— Dis donc, Ferdinand, c'est vrai que tu as ramassé 24 000 F cet après-midi avec tes deux tocards ?

— 24 900, if you please, monseigneur. Tu sais Albert, c'est marrant... j'ai vraiment failli rajouter 10 F pour toi et puis je me suis dit que jamais tu ne me rembourserais si je faisais un flop. C'est idiot, hein ?

Vingt minutes plus tard, il est là, fonce récupérer Einstein, dépose sur la table de la cuisine une bouteille de Clairette de Die qu'on boira à leur santé et prend son virage sur l'aile, python sous le bras, because le compteur tourne et qu'il n'a sur lui qu'un peu de monnaie et un tas de billets de 500 F et que ce serait ennuyeux si le chauffeur n'avait pas le change.

Après que je lui ai longuement expliqué que « c'est fini, il est parti le vilain ténia », Charles-Édouard consent enfin à redescendre de son meuble et part cracher comme un tubard dans la chambre d'ami.

Je suis dans mon bain lorsque le téléphone re-sonne.

– Bonjour, Albert. C'est Béatrice. Béatrice de Manitout. Est-ce que Victoire est là ?

– Non, Béatrice, pas de chance, elle est sortie ! je narquoise.

– Ah ?... c'est... ennuyeux.

– Ma foi ! Je puis vous aider, Béatrice ?

– Non. Non, pas vraiment. C'est à Victoire que j'aurais aimé parler.

– Des ennuis ?

– Non, non... Enfin, c'est-à-dire, un peu quand même. Je voulais lui dire au revoir, c'est tout.

– Vous partez en voyage, veinarde ?

– Oui, Albert. Je pars. Pour un long, un très long voyage.

Ah d'accord ! Je n'ai pas été très rapide sur le coup mais ça y est, j'ai compris.

– Voyons, ma petite Béatrice. Où en êtes-vous ? Vous avez bu, déjà ?

– Non, Albert, pas encore. J'ai juste avalé quelques comprimés. Pour dormir un peu.

– Combien ?

– Oh, je ne sais plus. Peut-être six. Ou sept.

C'est alors seulement que je me souviens : Victoire est chez Edmée ! Je communique la nouvelle à Béatrice qui raccroche, toute joyeuse.

Youpi ! Je peux considérer que j'ai la paix ce soir. Entre Edmée qui ne doit pas se remettre de ne pouvoir dîner à la maison et Béatrice et son gynéco, Victoire a du pain sur la planche jusque fort tard dans la nuit. Et il faudrait que je reste sous mon toit à me les ronger ?... Pas question ! J'appelle Omar Lévy pour qu'on dîne ensemble. « Bonne idée, mon frère ! me dit-il sans hésiter. Le temps de me doucher – tu comprends, j'ai baisé tout l'après-midi, je faisais un cachet dans "Ma sœur est une salope" ! – et je passe te prendre. J'ai repéré un petit rade où ils font les tripoux comme au fin fond du Rouergue. À tout' ! »

Quel bonheur d'avoir un ami comme lui ! Je n'ai rien à lui vendre, il n'a rien à me demander. On va se retrouver juste pour le pied. Pour rire. Pour débiter des conneries plus grosses que nous. Et, surtout, ne pas refaire le monde.

Je suis sur le pas de la porte quand cette saloperie de téléphone remet ça. J'hésite. Sors. Reviens sur mes pas. J'ai déjà eu tellement de catastrophes aujourd'hui que ce ne peut être qu'une bonne nouvelle. Raymond Toucasse qui a cassé sa pipe ? Les Canadiens qui veulent me racheter « La dinde, c'est dingue » ? J'avais une tante milliardaire à Dallas et je ne le savais pas ? Étienne Pasquot m'a pardonné et me fait embaucher à Matignon ? Hélène me fait engager à la télé à la place de PPDA ?

C'est Victoire.

– Albert, il faut que tu viens tout de suite !

– Chez Edmée ? Pas question !

– Non, non, je suis déjà chez Béatrice.

– Ah oui, bien sûr, je suis au courant. C'est moi qui lui ai dit que...

– Oui, Albert, je suis eaux courantes. Maintenant, tu dois venir, c'est très grave...

– Comme chaque fois !

– Non, non, plus ! Là, elle est complètement dans la soupe...

– Le potage, Victoire, le potage.

– Albert, tu m'emmerdes ! Mon amie est dans la dernière extrémité et vous êtes là à me donner des courses de français. Il faut venir ! Elle a avalé toute la tube des barbitubiques et maintenant, elle veut boire du soude caustique.

– Pourquoi de la soude ?

– Parce qu'elle n'a plus de vodka, pardi !

– Bon, ben écoute, Victoire : elle m'emmerde ta copine ! Qu'elle boive sa soude et qu'elle se brûle les intérieurs. Ce n'est pas un exemplaire unique, après tout, cette nana ! Je ne te donne pas dix jours pour t'en retrouver une autre aussi frappée...

– Albert, tu es immonde ! Viens ! Viens pour m'aider.

– Et Edmée ? Qu'est-ce qu'elle fout, Edmée ?

– Elle s'est couchée après l'histoire du serpent. Ça la lui a rappelé du Brésil.

Putain ! Je suis un saint !

– Mais Victoire, je ne suis pas toubib à la fin !

– Non, mais tu pourras lui parler. Toi, elle t'écoute, Albert. Tu la terrorises complètement.

– Oui, mais je dîne avec Omar !

– Omar ? Tiens ! Quelle bonne idée ! Ça me fera très plaisir de le revoir ! Allez, Albert, apporte-le !

Et elle raccroche !

Quand je sors, la Plymouth est déjà là, garée sur le bateau. J'annonce à l'Égyptien le changement de programme. Pas de problème. Omar est une bonne nature. On fonce donc vers Neuilly.

À peine a-t-on sonné que Victoire vient nous ouvrir, pieds nus. Dieu ! qu'elle est mignonne dans son petit jean serré avec son tee-shirt qui lui colle à la peau.

– Chut ! Ne faites pas de bruit. Elle vient de s'endormir.

– Ah ! Tu vois ! Ça valait bien la peine de nous...

– Je ne pouvais pas faire la prévision. Elle est tombée là, d'un seul coup.

Apparemment, le sommeil est agité. On perçoit des gémissements depuis la chambre à coucher. Puisqu'on est là, autant aller vérifier.

Je pénètre dans la pièce, suivi de Victoire et d'Omar. Béatrice de Manitout en écrase. Bras et jambes en X. Chemise de nuit remontée jusqu'au nombril. Insensé ! Même quand elle pionce, il faut qu'elle exhibe !

– Mmmmh... Belle plante ! apprécie Omar.

– Hein qu'elle est Garonne, ma copine ? triomphe Vick.

– Gironde, Victoire. Gironde, pas Garonne.

– C'est le même département, conclut l'Égyptien tout en se frottant les mains l'une contre l'autre façon Knock.

J'ai comme l'impression que les tripoux du Rouergue ce ne sera pas pour ce soir, Omar est sur le sentier de la guerre. Il s'assied sur le lit et tâte le pouls de Béatrice.

– T'es toubib ? j'hasarde.

– Non... Non, Albert. Tout juste un peu guérisseur.

– Ben, dis donc, si tu arrives à la désenvoûter des gynécos, j'offre le champ'.

Mais l'Égyptien ne m'écoute même plus. Il est tout à sa patiente. Du poignet, le voilà qui passe au creux du bras, au coude, à l'épaule. En effleurant au passage le joli sein qui pointe son nez à travers la soie du Rosy.

L'autre du coup – c'est une nature ultra-sensible, ne l'oublions pas – commence de s'émouvoir sous le doux massage. Elle garde encore les nyeux-nyeux fermés mais... le rythme respiratoire s'amplifie nettement et les soupirs de pâmoison commencent à faire la queue au portillon.

— Je crois, nous explique l'Égyptien très doctoral, que ce qu'il lui faut c'est un petit bouche-à-bouche.

Et il se penche sur elle, pour lui rouler une pelle. L'autre, réflexe, réflexe seulement, passe ses bras autour du cou d'Omar.

Qui nous adresse un clin d'œil, interrompt son baiser salvateur le temps de nous affirmer que tout est désormais sous contrôle et nous fait signe de dégager fissa.

— Viens, me dit Victoire à voix basse, tout en me prenant par la main, pour cette fois, Béatrice est sauvée.

Je la suis, quelque peu abasourdi par ce que je viens de voir. Lévy devrait s'installer à Lourdes, il y ferait des miracles.

Le lendemain, l'Égyptien appelle aux aurores pour nous remercier, tombe sur Victoire et lui annonce qu'il nous attend pour déjeuner au restaurant de l'Hippodrome de Saint-Cloud.

Sans même me consulter, Vick accepte avec enthousiasme, me suggère de vite appeler le bureau pour leur dire que je suis malade – si elle savait ce qu'ils en ont à foutre ! –, pique le chéquier et s'envole rue de Passy pour se trouver quelques fringues convenables. Je ne proteste même pas. Après tout, que l'agonie soit brève !

À 13 h 15, nous prenons l'ascenseur qui mène à la cantine de l'hippodrome. Omar Lévy est déjà installé. Avec sa fiancée ! Béatrice de Manitout. En chair et en os. Valium digéré, toute honte bue. En robe de Balmain et sans soude caustique. Elle me tend une main languide tout en me dévisageant comme si je devais la sauter dans la minute.

– Aaaalbert ! Quel plaisir ! Depuis le temps !

– Vous avez raison, Béatrice, cela ne remonte jamais qu'à hier soir...

– Ah, parce que vous étiez là, vous aussi ?... Alors, vous devez connaître Omar ?

126

Pas la peine d'insister. Cette nana, même quand on la croit lucide, elle a son rat dans la contrebasse qui continue de faire des gammes.

Victoire et elle s'embrassent comme du bon pain de Saint-Esprit tandis qu'Omar se plonge « dans le papier ».

– Je fais les jeux, me précise-t-il sans lever le nez du programme, et t'as 30 % des bénefs, d'accord ?

– Tu fais comme tu le sens, je réponds.

Les joueurs, pour moi, sont des malades. Qui s'empoisonnent l'existence et polluent celle de leurs proches. Je joue suffisamment avec ma vie de tous les jours pour ne pas en plus aller refiler du fric en rab à la rue de Rivoli. Dire merde au type qui va racheter la boîte où je travaille suffit à mes émotions. Dix-neuf pouliches en rut au départ d'un tiercé, c'est une chance sur trente-quatre mille huit cent quatre-vingt-quatre de l'avoir dans l'ordre. Très peu pour moi.

J'observe Omar qui saisit ses jumelles pour fixer le tableau des cotes à quelques mètres. Le PMUiste vient à la table prendre ses paris tandis que je préfère m'intéresser au La Lagune 81. Quant à nos deux fiancées, elles papotent comme si elles étaient chez Carette. Quand je pense que l'autre, hier soir, se mourait !

Je jette un coup d'œil alentour. La faune habituelle. Les pétroliers du Ritz. Les pétroleuses des Champs. Les haras de Normandie. Le show-biz. Le Sentier. La presse spécialisée. Et les nuls de la télé qui laissent toujours partir les chevaux sans même avoir pris le temps de donner les cotes.

– Tu as vu ? me demande soudain Omar à voix basse. Là-bas... à la table de Berço ?

Je me retourne, discret. Ferdinand ! Sapé comme un prince, sérieux comme un pape.

Nos regards se croisent mais il fait, le salaud, comme s'il ne m'avait jamais vu.

– Qu'est-ce qu'il fout là ce con ? je demande à Omar, indigné. Et tu as vu ?... Il nous snobe ! Je vais aller lui faire une tête !

– Laisse, mon frère, laisse ! sourit Omar. Il est sur un coup, notre copain.

– Quel coup ?

– Je ne sais pas. Je sais seulement qu'il porte un de mes costards.

– Omar, qu'est-ce que tu me racontes là ?

J'ai tapé sur la table. Cela crée un petit blanc. Dans les restaurants d'hippodromes, on n'a le droit de crier, tempêter, monter sur sa chaise que lorsque les chevaux sont à cent mètres du poteau. Avant, ça fait cheap.

– Albert ! Tu as vu ?... Là-bas, Ferdinand ! En ministre ! me glisse Victoire, interloquée.

– Mmmmh, bel homme ! Tu le connais ? interroge Béatrice.

Et puis elle se souvient qu'elle est venue accompagnée et s'en va vite mordiller le lobe de l'oreille égyptienne.

– Tu te décides à nous expliquer ? râlé-je.

– Trop tard, mon frère ! Les bourrins sont sous les ordres ! me répond Omar, déjà debout, les jumelles vissées aux Ray-Ban.

Au fur et à mesure que se rapprochent les galopeurs, monte l'ambiance et craque le vernis. Cela finit par une véritable tempête d'imprécations d'où il ressort, en gros, que Guy Guignard est un fils de pute, Yves Saint-Martin un enculé de ses os et Kessas un pourri vendu de sa mère.

Omar l'a dans le baba et déchire, souverain, ses tickets, avant de se replonger dans le programme pour préparer la seconde.

De légers applaudissements clappent à la table de Berço. Nous tournons la tête juste à temps pour voir Féfé qui salue modestement, son ticket gagnant à la main. Il est apparemment le seul de tout le restaurant à avoir su pressentir la victoire de « Saalani » à 88 contre 1.

— Omar, c'est quoi, cette combine ?

— Je n'en sais pas plus que toi, mon frère. Féfé est passé tout à l'heure chez moi pour m'emprunter un costard du samedi. Il m'a simplement dit qu'il était sur un coup géant mais qu'il préférait ne rien m'en dire pour ne pas être corbacké.

— Ça veut dire quoi, corbacké ? interroge Victoire.

— Les joueurs sont superstitieux, Victoire, explique Omar. J'en connais qui jouent au poker depuis des années avec la même chemise ou en ayant dans leurs poches un vieux Cricket qui n'a plus de gaz depuis belle lurette. Il y en a d'autres qui ne jouent que le vendredi ou qui ne mangent que des épinards avant de s'asseoir autour d'un tapis vert. Mais tous, tous, tu m'entends, Victoire, ont une peur panique des corbacks. Le corback, c'est celui qui vient s'asseoir dans votre dos quand vous avez quatre cœurs dans la main et que vous guettez le cinquième, celui qui vous demande si vous avez joué le 17 quand les chevaux sont déjà partis et que vous ne l'avez bien évidemment pas joué. Le corback, c'est la terreur du joueur. Et, partout où il y a un joueur, il y a un corback.

Omar perd dans la seconde, la troisième, la quatrième.

Ferdinand gagne la seconde, la troisième, la quatrième.

À la table de Berço, le champagne coule à flots.

— C'est incroyable, râle Omar. Il n'a jamais gagné auparavant, je l'ai toujours vu se trimbaler avec des tuyaux plus crevés encore que ses semelles.

Heureusement que Victoire est là.

— Je suis sûre que vous n'avez même pas remarqué le stratamanège de votre copain. Après chaque course, il se lève et disparaît.

— Normal, Victoire, explique Omar. En bon turfiste, il va regarder les chevaux au rond de présentation.

— Non, moi je trouve ça strabique...

— Louche, Victoire, louche.

— Je vais le filer ! Tu viens, Béatrice ?

Je jette un coup d'œil derrière nous. Effectivement, Féfé n'est plus là. Vick et Béatrice quittent le restaurant, tels deux Sioux en train de filocher John Wayne en plein Arizona.

Omar en profite pour passer aux confidences.

— Albert, elle est cinglée votre copine ! Toute la nuit, j'ai dû donner ! C'est bien simple, j'ai dû me tremper le zygounet dans du mercurochrome. Et j'ai le dos strié. À coups d'ongles !

— Je m'en doutais bien en voyant vos valises. À vous deux, vous pourriez racheter Lancel !

— Mais c'est une allumée complète, Albert ! Même quand j'ai tourné « La gouine est nympho », je ne suis pas tombé sur pareil échantillon. Et là, depuis qu'on est arrivés, elle n'arrête pas de jouer sous la table avec ses pieds et mon paf. Et c'est qu'il aime ça, le salaud ! Mais elle va finir par me mettre en chômage technique ! Ma bite, Albert, c'est mon gagne-pain en ce moment ! Je ne peux pas passer mon temps à faire des extra !

— Pourquoi tu ne lui offres pas un rôle dans une de tes productions ?

— Ah non ! Je ne vais pas la refiler à n'importe qui ! Je l'aime, moi, tu comprends, mon frère ?... Attention ! Féfé ! Le revoilà !

Effectivement, Ferdinand Roblet de Carcassonne fait sa réapparition et s'assied, droit comme un I, un léger sourire sous la bacchante. C'est à peine si Berço et sa clique ne s'inclinent pas lorsqu'il daigne se réinstaller parmi eux. Insensé comme le succès peut vous changer un homme. En quatre courses gagnées haut la main, Féfé est passé du statut de cloche à celui de membre de l'intelligentsia. Demain, Dominique Segall l'invitera à ses Premières.

Je décide de le fixer jusqu'à ce que nos regards se croisent. Il finit par s'apercevoir de mon manège, me sourit enfin, lève sa coupe emplie de champ' et s'incline très légèrement. On se croirait à Ascot, dans la Loge Royale. Je ne peux que lui rendre son salut sous l'œil intrigué de la cour Berço.

Victoire et Béatrice regagnent, elles aussi, notre table. Elles ont l'air tout excitées.

— Albert ! Ce mec... Ton copain, Féfé, il est fou, il est fou, je te dis. Tu sais ce qu'il a fait ?

me demande Béatrice à voix basse. On l'a vu, Albert, on l'a vu.

Elles sont indignées, admiratives, mystifiées.

– Il est d'abord allé vers un poubelle...

– ... Il a fouillé dans ses poches, toutes ses poches, veste, pantalon, chemise, puis dans ses chaussettes...

– ... Et il a jeté des tickettes. Plein de tickettes. Puis...

– ... Il est allé à un guichet et il a joué gagnant les douze chevaux de la prochaine course, la cinquième !

– Vous racontez n'importe quoi, je proteste, indigné.

– Albert ! Puisque je te dis qu'on a vu avec nos œils ! Il a demandé douze tickettes et il a mis chacune dans un endroit différent.

Pendant que nous écoutons Vick et Béatrice, les chevaux de la cinquième s'élancent. Omar n'a même pas joué, écœuré. J'observe Ferdinand. De toute la salle, il est le seul à afficher le plus grand calme. Regardant à peine les chevaux qui galopent. Comme s'il était sûr de gagner. Comme s'il était ?...

Je sens que je touche la vérité, qu'elle me brûle.

Le 6, « Choqueuse », passe la ligne. Nettement détaché. À 27 contre 1. Belle cote.

Je me retourne vite vers Féfé. Il est en train de se pencher, très discrètement, vers sa chaussette droite d'où il extrait le ticket gagnant qu'il présente, ravi mais modeste, à un Berço qui n'en croit pas ses yeux.

Et soudain, la lumière se fait ! Capizco ! Compris ! Understood ! Verstanden ! Féfé est un génie !

Je lève mon verre bien haut et le salue bas. Il me fait un clin d'œil tandis que Berço le serre dans ses bras.

Omar vient de comprendre aussi et enfile les « Putain de ses os » aux « Putains de ses fesses ».

– Albert ! Explique-moi ! gronde Victoire.

– C'est très simple, ma chérie. Berço est le patron d'un grand groupe de presse. L'un de ses plus beaux fleurons est le journal *France-Après-Midi*. Or, dans quelques jours, son meilleur pronostiqueur hippique, Maurice Bénodet, va partir à la retraite.

– Aaaah ! Je crois que je comprendre moi aussi ! Il vient de décrocher la job, c'est ça, hein ?

Et Victoire se tourne vers Féfé en éclatant de rire et tout en lui adressant une volée de petits baisers. Il n'y a que Béatrice, évidemment, à réclamer encore des sous-titres. Son amant de cœur, obligeamment, les lui fournit.

– Ferdinand vient de rouler Berço dans la farine. Il n'avait qu'à mémoriser les différentes poches où il mettait ses tickets et à chaque coup, il a pu afficher le vainqueur. C'est inouï ! Ce mec est encore plus intelligent que Patrick Sabatier ! Tu vas voir maintenant... Berço va vouloir l'engager. Il va lui tresser un pont d'or.

Effectivement, Berço, rouge, col dégrafé, est en train de griffonner un protocole d'accord sur la nappe puis il tend son Mont-Blanc à Féfé pour que ce dernier paraphe l'accord. Mais Ferdinand a le jeu max en main : il se penche sur la nappe et fait la moue, les doigts élégamment repliés autour de son Monte-Cristo n° 2.

Interloqué, Berço le dévisage. L'autre se

contente de sourire jusqu'à ce qu'il rajoute un zéro.

Alors, Ferdinand pose son cigare, prend le stylo et signe.

La clique applaudit.

Omar se lève, va à la table et s'incline devant Berço :

– Monsieur Berço, vous venez de gagner un lecteur ! À vie !

Ferdinand salue, avec beaucoup de réserve, le nouveau lecteur.

– Votre Féfé, c'est une véritable eugénie ! commente Victoire encore sous le charme tandis qu'installés tous quatre bien au large dans la Plymouth décapotée d'Omar, nous dévalons la colline de Saint-Cloud.

– Ça ! Le père Berço s'est joliment fait rouler dans la semoule ! rigole l'Égyptien. Vous avez vu ?... Non mais, vous avez vu comment l'autre lui a fait signer son contrat sur un coin de table ! Incroyable, incroyable ! Quel champion, ce Ferdinand ! Ah, je suis fier de le compter parmi mes amis.

– Sa nappe, je souris, il n'a plus qu'à la faire encadrer. Elle vaut certainement déjà plus cher que l'Utrillo de sa fiancée.

– Mais oui, Albert, vous avez raison !... Pourquoi elle n'était pas là, Marie-Rose ?

– Les chaises du restaurant... sans doute pas assez solides pour son popotin, suggère la Manitout, toujours prompte à bazooker une vanne.

– À moins qu'ils ne soient déjà et de nouveau plus ensemble ? j'hasarde.

– Non, non, relax ! Ils sont plus que jamais à la colle, laisse tomber Omar tout en branchant NRJ.

– Ah bon ? Tu me réassures, soupire Victoire.

C'est vraiment formidable de savoir qu'ils s'aiment véraciquement.

– Oh Victoire, sourit Omar, je n'irais peut-être pas aussi loin que toi dans l'optimisme béat mais disons que, pour l'instant, Ferdinand s'est mis l'idée en tête que Marie-Rose lui portait bonheur. Il faut bien reconnaître que, depuis que vous les avez ressoudés, tout ce que touche Féfé devient de l'or.

– Tu vois ! Tu vois ! me lance Victoire. Toi qui te moques toujours de mes copines ! Eh bien, elles sont de vrais porte-bonheur. Des transformateuses, des alchimiques et ce n'est pas moi qui le dites, c'est Omar !

– Bon, bon, d'accord. Cela dit, la combine de Ferdinand risque vite de prendre l'eau et lorsque Berço s'apercevra que sa star se plante, jour après jour, dans ses pronostics, il n'attendra pas le Prix d'Amérique pour l'installer sur un siège éjectable. Berço n'a jamais eu la réputation d'être un tendre. Féfé, navré les copains, mais je ne lui donne pas un mois.

– Ne crois pas cela, Albert, ne crois pas cela, proteste Omar. D'abord, notre copain Ferdinand n'est pas né de la dernière pluie. Tu vas voir que, dans sa page, il va se débrouiller pour proposer des dizaines et des dizaines de possibilités. Il fera le papier d'après la forme des chevaux, celle des jockeys, celle des entraîneurs, le signe astral du propriétaire, l'état du terrain, les confidences des lads. Dans le tas, une fois sur trois, il y aura forcément la bonne combinaison et Féfé pourra triompher. Et puis, maintenant, sur les hippodromes, on va le traiter en VIP, on va lui glisser de vrais tuyaux dans l'oreille.

Et de toute façon, le jour où Berço voudra le lourder, il s'en ira avec un bon paquet d'indemn's. Non, non, il n'y a plus à s'en faire pour lui. Il est casé notre copain.

Bizarrement, un silence un peu lourd s'installe dans la voiture à cette dernière remarque.

Comme la Plymouth abandonne la porte d'Auteuil pour emprunter les Maréchaux, Victoire propose à Béatrice de finir à pied, histoire de s'aérer un peu après les fumées de cigares et, quand l'autre accepte, elle demande à Omar de les déposer le long du trottoir. À tout à l'heure, dit-elle avant de me suggérer d'acheter des œufs et une laitue si jamais les Lévy avaient envie de rester pour le dîner.

Les Lévy ! Comme s'ils étaient déjà passés devant Lustiger et Kaplan ! Décidément, ma douce est une rapide ! Omar sourit en haussant les épaules et redémarre. On roule doucement. En silence. Comme séparés par une invisible gêne. Puis, mon copain attaque.

– Albert ?... Victoire et toi, ça va comment en ce moment ?

Ma parole, dis ! On jurerait Edmée !

– Ça va, Omar, ça va. Beau fixe. Enfin... je crois. Pourquoi me poses-tu cette question ?

– Comme ça, mon frère. Un feeling, juste un feeling...

– Victoire t'a fait des confidences ?

– Non, non.

– Elle a dit quelque chose à Béatrice ?

– Pas que je sache. Mais... tu me diras peut-être que je me mêle de pas mes oignons mon frère, mais si tu veux mon avis, ta femme, en ce moment, elle ne file pas le bon coton.

137

– Qu'est-ce que tu veux dire, Omar ?

– Ben... ta femme, à mon avis, elle est mal-heureuse.

– Tiens ! Quelle drôle d'idée !... Oui, je sais qu'elle croit avoir des problèmes d'hormones, c'est cette salope d'Edmée qui lui a fourré ça dans la tête. Et puis, elle assume mal le cap du passage à la trentaine. Et...

– Arrête, Albert. Tu es en train de garer ton chameau devant le palmier qui cache l'oasis. Ta femme, mon vieux, c'est tout simple, elle s'emmerde. Elle joue les petites poupées capricieuses et tête en l'air parce qu'elle sait que tu adores ça mais elle n'a plus la frite et elle est mal dans sa peau. Tu sais... Une fille qui s'occupe autant des Tampax de ses copines, c'est qu'elle n'a plus ce qu'il lui faut à la maison.

– Mais...

– Écoute-moi, Albert mon frère, écoute-moi. Les bonnes femmes, ça fait vingt ans maintenant que je les pratique. Je les ai habillées, je les ai désenvoûtées et maintenant je les saute ! La tienne, elle est complètement démobilisée. Fais gaffe ! Que vienne à passer un beau barbudo révolutionnaire ou un prêtre défroqué et elle lui emboîte le pas dans le quart d'heure.

J'écoute mon pote en silence. Comme envahi par un grand froid. Et un stylet d'acier qui me tracerait de grands Z dans le cœur.

– Et d'abord, t'en es où ?... Tu ne lui as toujours pas annoncé que tu avais perdu ton job, je parie ? Hein ?... c'est bien ça ?... Eh beh, tu veux que je te dise ?... T'es le roi des cons, Albert. Pas le Dauphin, hein ? Le Roi, je dis bien, le Roi. Tu es comme l'autruche, tête enfouie dans le sable, trou de balle offert aux vents du désert. Tu dois parler à ta femme, maintenant, Albert, très vite. Elle veut t'aider, elle va t'aider. Elle en crève de te voir comme cela. Parce qu'elle le sait depuis longtemps que tu es paumé, chômdu, ratissé. Et de te voir ne rien lui dire, ça la transperce. Tu veux que je te dise ?... Ta Victoire, tu lui fais vivre le martyre de saint Sébastien. Et ce ne sont pas les flèches de Cupidon qui lui transpercent le sein.

– Mais comment le saurait-elle ?

– Putain, mon frère ! Tout-Paris est au courant, oui ou non ?... Et tu t'imagines qu'elle n'a jamais eu la curiosité d'essayer de te joindre à ton bureau ?

– Non. C'est toujours moi qui appelle...

– D'accord, d'accord. Et si ma tante en avait... Albert ? Tu n'as plus beaucoup de temps pour redescendre de ton baobab. Et pourquoi elle a eu envie là de parler à ma copine, ta femme ? Ce n'est pas Béatrice qui a réclamé une consultation que je sache ! C'est ta femme, c'est ta femme, Albert ! Victoire est en train de franchir le Rubicon. C'est elle, maintenant, qui lance les SOS !

À quoi ça sert les copains ?... À vous ouvrir les yeux et à vous mettre le nez dedans. Pour me l'avoir mis, Omar me l'a mis.

Je pose ma main sur son épaule tandis qu'il range sa limousine en double file devant notre immeuble.

– Tu veux... Euh, tu veux monter boire un verre ?

– Non, Albert ! Je reste là, j'attends Béatrice et je l'embarque. Ce soir, c'est une affaire entre

Victoire et toi. Le reste de la planète doit se faire oublier. C'est toi, et toi seul, qui vas remettre les pendules à l'heure. Ta femme n'attend que ça. Depuis des jours et des jours.

J'embrasse mon copain.

— Omar, tu as raison. J'étais le dernier des abrutis. Tu vois ?... Je n'ai jamais eu de frère, je ne savais pas, maintenant je sais.

— Allez, va, va.

J'ouvre la portière et descends de la Plymouth. Déjà, je me sens mieux.

Victoire rentre une demi-heure plus tard. Je l'attends, dans le salon, cloué sur le divan par Charles-Édouard venu s'installer sur mes genoux en ronronnant, comme pour me donner la Force. Sans même s'arrêter, Victoire se dirige vers la salle de bains. J'entends l'eau couler, décide d'écarter doucement le chat en lui expliquant dans l'oreille qu'il y a urgence, pénètre dans la pièce où Victoire finit de se tamponner les yeux et la prends dans mes bras.

– Victoire, mon amour, je te demande pardon. Je crois que nous avons à parler.

– Ah, tu te décides enfin, soupire-t-elle, et elle pose son visage dans mon cou, au creux de l'épaule, un emplacement que le Bon Dieu a certainement inventé pour les situations de ce genre.

Alors, en la tenant pressée contre moi mais, grâce au jeu des miroirs, les yeux dans les yeux, je déballe tout. Toucasse qui rachète « Clip Cool » juste ou presque pour le plaisir de me sacquer. Les « copains » qui se débinent, tournent le dos, ne me prennent plus au téléphone. Les portes qui claquent. Les petites annonces, le matin, au bistrot, avec d'autres paumés comme moi qui ne s'intéressent même plus aux gros titres et ouvrent directement leur canard à la même page que la mienne. Les petits chefs qui réclament des CV pour s'en servir comme papier brouillon. La rumeur qui me précède à toutes les portes où je frappe. Bref, la chute, la décrépitude, le doute, la solitude, la honte. L'impression de puer. De ne plus marcher comme les autres dans la rue. L'étoile jaune. Les cheveux crépus. La peau basanée.

Victoire m'écoute. Sans m'interrompre. Juste, de temps en temps, un petit baiser dans le cou et je sens alors couler les larmes tièdes sur sa joue.

Quand j'en ai terminé, je lui demande depuis combien de temps elle « sait ». Quinze jours environ. Avant, elle faisait la l'autruche. Elle se posait des questions mais refusait d'y croire. Les cocus ne sont-ils pas toujours les derniers informés ? Et puis, un beau jour, elle a fini par craquer et a demandé mon bureau. La standardiste – à qui j'avais pourtant donné des consignes – a gaffé, essayé de se rattraper aux branches avant de finir par avouer que je ne faisais plus partie de la boîte depuis trois mois, même si, là-bas, tout le monde me regrettait, enfin presque tout le monde, quoi.

Alors, Victoire a raccroché et elle a pleuré. Tout l'après-midi. Le soir, j'ai fait comme si. Elle a fait comme ça.

Et les copines ?... Quoi ? Les copines ?... Elles savent ?... Évidemment, qu'elles savent. Même que maintenant, elles vont être folles de joie !... Comment cela, folles de joie ?... Mais Albert, elles piaffent ! Elles sont toutes dans leurs stalles de départ ! Elles se sont toutes mises au boulot ! Elles ont toutes des propositions de travail à te faire !... À moi ? Moi qui n'ai jamais cessé de les couvrir d'insultes, de les envoyer paître ?... Moi qui suis à chier avec elles ?... Mais oui, Albert, c'est ainsi et tu n'y pouvez rien ! Mes copines, elles t'aiment toutes ! À leur façon ! mais, qu'est-ce que tu croises ?... Tu comptes pour elles. Elles veulent nous voir, nous savoir heureuses, toi et moi. Parce qu'on est leur poêle. Et si on tombe en panne de mazout, elles vont se cailler les miches, aussi fort que nous !

Victoire tourne vers moi son visage qui désormais rit plus qu'il ne pleure. Nous nous sourions, nous étreignons, enfin retrouvés, à nouveau soudés pour le meilleur et en l'occurrence le pire.

Je lui enlève sa petite culotte avec les dents.

Et merde pour Charles-Édouard qui réclame sa pitance.

J'ai un autre chat à fouetter.

Le lendemain, nous sommes debout aux aurores. Bien décidés à tout remettre à plat. Nous
sentant libérés, l'un comme l'autre, du poids de
ce trimestre de mensonges et de mauvaise comédie.

– Alors… en gros, où en est-on, Albert ? me
demande Victoire après que nous avons terminé
nos œufs à la coque.

– Ben, ce n'est pas brillant, mon pauvre
amour. J'ai fait des dettes partout. Nous avons
une ardoise chez Leroux, les Tunisiens, la
librairie et Nicolas. Quant à la banque, on est
à zéro mais quand ils vont recevoir le dernier
relevé de l'American Express, leur plancher va
s'effondrer. Le nôtre, en tout cas. Genre Voyage
au centre de la terre.

– Alors, je n'aurais pas dû m'acheter le petit
vison en solde chez Revillon ? m'interroge Victoire, navrée.

– Ben, il aurait mieux valu.

– Mais pourquoi tu ne m'as rien dite, Albert ?

– J'étais lâche. Et con. Mais on ne va pas y
revenir, par pitié.

J'explique donc. Que déjà, lorsque je travaillais pleins pots, nous vivions largement au-dessus

de nos moyens. Alors évidemment maintenant. J'aurais jamais dû acheter ce gravure de Matisse à Drouot, soupire Victoire. Non, je réponds. Pas plus que le petit ensemble de chez Balenciaga, la Patek et la caméra-vidéo. Et ça continue pendant une demi-heure au bout de laquelle il ne nous reste plus qu'une chose à faire, la seule qui soit encore gratuite : se marrer.

Puis, l'on décide de passer aux grandes résolutions. Régime, d'abord. Grillades-salades. Plus de vin, plus d'alcool. Ça nous fera le plus grand bien.

Vacances, ensuite. Le Kenya, avec les Rolland et les Le François, on oublie. D'ailleurs, Paris au mois d'août, c'est génial. Tous les cons sont partis, on peut se garer n'importe où et l'on y a finalement peu de chances de se faire bouffer tout cru par un lion en goguette.

Le boulot, enfin.

J'explique à Victoire que, dans la publicité, tout m'est actuellement bouché. Mes copines t'ont trouvé plein de trucs marrants, tu vas voir, me répond-elle avant d'ajouter que s'il le faut, elle refera du cinéma.

– C'est hors de question, ma chérie ! Tu ne montreras pas tes fesses à la France entière !

Victoire livre un dernier combat d'arrière-garde, m'annonce qu'elle fera des ménages dans l'immeuble, va terminer sa BD dans la semaine, mettre ses bijoux au clou, solliciter une subvention de Charles, son ancien fiancé, ou se dénicher un émir. Au choix.

C'est ça, c'est ça, je maugrée. Je suis là pour assumer, j'assumerai. En attendant, je vais aller m'acheter de l'after-shave car je n'en ai plus une goutte et avec cette chaleur, j'ai le cou en feu. Fais-leur le coup de l'échantillon, me suggère Victoire, et elle m'explique comment jouer au client indécis, essayer deux ou trois flacons différents avant d'annoncer que je n'arrive pas à me décider et que je repasserai plus tard.

Quand je revins, un quart d'heure plus tard, la joue gauche parfumée au bois de santal, le menton au Vétyver et la joue droite à la noix de muscade, c'est pour m'entendre signifier par Victoire qu'à partir du lendemain, toutes nos soirées sont prises. Un dîner chaque soir. Menu identique quelle que soit la date : pâtes et copines. Toutes ont des suggestions à me faire. Si je n'y trouve pas chaussure à mon pied, Victoire est formelle : ce sera grave.

-- En attendant, dis-je comme si je n'avais pas entendu la menace, je vais appeler mon banquier pour lui expliquer la situation catastrophique en laquelle nous nous trouvons et lui demander de nous autoriser un découvert.

– Pas question !

– Comment cela, pas question ?

– Tu n'appelleras pas ta banque avant d'avoir rencontré Hélène !

– Ah ! J'aimerais bien voir ça ! Et pourquoi !

– Parce qu'elle a été mariée à un banquier, Albert ! Pendant trois ans ! Elle connaît toutes les ficelles !

Argument de poids. Je m'incline.

Deux heures plus tard, Hélène déboule en catastrophe. Elle ne peut pas rester longtemps, elle a la télé.

À peine sommes-nous installés autour de la table de la cuisine qu'elle attaque.

– Bien, Albert. Procédons méthodiquement. Combien souhaitez-vous soutirer à votre banquier ?

– Ben, je ne sais pas, moi. J'aimerais tout d'abord lui demander d'être patient, lui dire que tout va s'arranger et, je ne sais pas moi, qu'il me consente un prêt de 30 à 40 000 F.

– Bon, c'est bien ce que je pensais. Vous avez tout faux. Alors, allons-y. Calme et méthode. D'abord, il faut demander beaucoup plus. 200 000 F par exemple. Plus les dettes sont grosses, moins elles font de bruit. Ça, Albert, c'est le premier adage. Voici le second : vous n'appelez en aucun cas votre banquier pour lui annoncer que vous allez le taper. Vous téléphonez parce que vous souhaiteriez obtenir des précisions à propos, je ne sais pas, de vos relevés décadaires par exemple.

– Mais ils sont parfaits...

– On trouvera, Albert, on trouvera. C'est un point de détail. Ce qui est indispensable c'est de l'empêcher de se préparer psychologiquement à une demande de crédit. OK ?... Bien. Troisième adage : quand il vous propose un rendez-vous, vous le refusez...

– ? ? ?

– Oui, Albert. Vous devez donner l'image d'un homme suroccupé. Et là, pas de chance, mais vous avez justement un rendez-vous hyper-important que vous ne pouvez décemment pas déplacer.

Je commence à saisir. Et à m'amuser vraiment.

– Attends ! Attends les autres adagios, rit Victoire en tapant dans ses mains.

– Tu as raison, Victoire ! répond Hélène en

riant elle aussi. En voilà justement un qui passe : le jour du rendez-vous, arrivez à la banque à l'heure pile. Surtout pas en avance. De toute façon, le type a prévu de vous faire poireauter cinq minutes.

Je souris, épaté. Décidément, notre amie Hélène en a plus que prévu dans la cafetière. Je m'explique mieux désormais le « syndrome Managuèze ».

– Puisque vous savez qu'il va vous faire attendre, vous apportez de la lecture. *Le Monde,* plutôt que *Spéciale-Dernière*. Et vous ne lisez surtout pas les prospectus bancaires. Vous vous en moquez, Albert. Vous vous foutez du Crédit-Matic, de l'emprunt jeunes mariés ou de la rente 3e âge. Et...

– Tu vas voir, Albert ! Elle va nous sortir encore une adage...

– Et, quand le mec ouvre sa porte, vous vous arrangez pour être juste en train de faire rire sa secrétaire. Compris ?

– Compris.

– Bon. Voyons maintenant le problème des fringues. Pas question d'y aller, comme vous êtes sapé là, en jean et en chemise à fleurs. Il vous faut un costume-cravate. Sobre. Sobre mais classe. Le banquier doit sentir que vous appartenez au même monde tous les deux. Et il ne faut pas lui donner des envies. Lui ne débarque pas à son bureau en socquettes et bermuda. D'accord ?

– D'accord, Hélène, d'accord.

– Autre chose, dès qu'il vous invite à entrer dans son bureau, vous y pénétrez sans faire des « je vous en prie, après vous, cher monsieur », et vous vous asseyez immédiatement. Cela va vous donner, Albert, un énorme avantage...

– Laquelle ? Laquelle ? s'impatiente Victoire qui s'amuse de plus en plus.

– Eh bien, ma chérie, c'est très simple. En s'asseyant le premier, Albert va pouvoir examiner l'autre. C'est Albert qui va regarder si l'autre a du Ketchup sur sa cravate ou des pellicules sur son col.

– Il peut même regarder son braguette !

– Oui, éventuellement. Encore que là je ne sois pas certaine du résultat obtenu. Je crois qu'il vaut mieux rester classique.

Cette fille est carrément géniale. Je lui annonce qu'elle pourra désormais disposer, chaque fois qu'elle le souhaitera, de notre chambre d'ami. Elle me tapote la main, amusée, mais elle n'a pas beaucoup de temps et elle repart.

– Au terme de ces premières manœuvres qui vous ont déjà donné un net avantage sur le terrain, il vous faut attaquer, Albert. Bille en tête. Vous sortez donc vos relevés et lui demandez si les ordinateurs n'auraient pas fait par hasard une petite erreur. Le type va donc prendre vos papiers – « cher ami, cher ami » – tout en vous expliquant que les ordinateurs, même s'ils ne sont pas infaillibles, sont une véritable bénédiction pour le système bancaire et qu'ils ont entraîné des gains de temps et de personnel importants. Alors là, Albert, vous enfoncez votre banderille en remarquant que côté clientèle, ces économies ne se sont pas vraiment fait sentir. Et, pendant que votre banquier sourit, indulgent, vous lui demandez, tiens comme ça mais vraiment par hasard ce qu'il vous en coûterait en remboursements mensuels si vous aviez l'idée farfelue de faire un emprunt de 200 000 F sur trois ans, par exemple. Normalement, Albert, à cet instant précis, le banquier sort sa calculatrice électronique et commence ses comptes !

– C'est génial !

– À partir de là, ce n'est plus qu'un jeu d'enfant...

– Avec ou sans les adages ?

– Avec, Victoire, avec ! Pendant que le banquier fait ses comptes, vous lui demandez si vous pouvez vite passer un petit coup de fil. Il accepte évidemment. Vous appelez Victoire, chez vous, mais vous faites comme si vous parliez à une secrétaire et vous lui demandez d'appeler l'attaché parlementaire de Raymond Barre pour prévenir que vous aurez peut-être quelques minutes de retard.

– C'est mieux qu'une hold-up ta combine ! Hélène, tu es la plus belle, la plus géniale...

L'autre sourit tandis que j'approuve, subjugué.

– Attention ! Le parcours n'est pas terminé pour autant. À ce stade de la discussion, votre interlocuteur va quand même vous poser des questions sur les garanties que vous pouvez fournir le cas échéant et chercher à savoir pourquoi, depuis un certain temps, les rentrées ont tendance à se tarir.

– Ben oui, je soupire, et c'est là que tout foire...

– Non, Albert. C'est à ce moment qu'il faut bluffer un max, tout jeter, faire tapis. Vous jouez au poker, Albert ?

– Non. Pas du tout.

– C'est dommage. Toujours est-il que c'est à cet instant que vous allez devoir jeter vos dernières forces dans la bataille. En lui annonçant que vous avez plaqué votre boulot – surtout pas qu'on vous a lourdé – pour vous consacrer nuit et jour à la préparation d'un projet colossal. Un truc énorme, qui va tout révolutionner mais dont, pour le moment, vous ne pouvez malheureusement rien dire. Que les Japonais, l'Allemagne de l'Ouest et Silicon Valley sont sur les rangs. Et brusquement, Albert, vous vous mettez à réfléchir, le nez en l'air... Que, tiens oui, vous n'y aviez pas pensé mais peut-être qu'en temps voulu, vous pourriez lui en dire deux mots. Là, logiquement, le costard trois pièces doit avoir la bave aux lèvres et vous tendre sa boîte de Voltigeurs. Mais...

– Mais ?

– Mais il y a un dernier risque. À ne pas négliger. Il peut vous annoncer qu'étant donné l'importance de la somme à emprunter, il est forcé d'en référer à son supérieur hiérarchique...

– Et voilà ! Et à ce moment-là, tout le bel échafaudage s'effondre...

– Albert ! me tance Victoire. Quand donc cesseras-tu d'être un défaiteur ! Laisse parler Hélène. Écoute ses ambages sans adages. Enfin le contraire, quoi !

– C'est vrai que vous êtes terriblement défaitiste, Albert. Il faut vous secouer.

– Mais Hélène, comment voulez-vous que je les rembourse ces 200 000 balles ? Je n'ai pas le moindre boulot en vue !

– De cela, on s'occupe ! tranche Victoire. Moi

et mes copines. Dans dix jours, Albert, tu seras de nouveau à la mine.

Je lui souris et prends sa main. C'est vrai que ces deux nanas redonneraient la pêche à un régiment. Dommage qu'on ne les ait pas eues en 40.

— Bon, ben, j'en étais où avec tout cela, mes enfants ? hésite Hélène en finissant la Badoit.

— Tu en étais à l'adagio où il veut voir sa supérieur de la hiérarchie.

— Ah oui ! Alors là, Albert, il faut prendre une mine étonnée, le dévisager et lui demander : Mais comment se fait-il, cher monsieur ? Vous n'avez pas votre propre autonomie ? Vous devez consulter pour une aussi petite peccadille ? Et là, Albert, foi d'Managuèze, vous n'aurez plus un mot à ajouter : il sera en train de signer l'autorisation de découvert tout en prévenant le caissier.

Elle se lève, consultation terminée, ébouriffe ses jolis cheveux noirs, nous embrasse en riant, que cela aura au moins servi à quelque chose qu'elle ait eu un banquier trois ans dans son plum' et repart comme elle était arrivée. Au galop.

Le lendemain, à 16 h 10, après avoir refusé le rendez-vous de 14 heures, je ressors du CIC avec la permission — bien entendu, cher Ami, ce n'est pas un problème — de creuser un trou de vingt bâtons.

Le soir, nous donnons notre premier dîner.

À la dernière minute, je rajoute un peu de foie gras dans les Panzani.

Par un vieux reste d'élégance, juste avant l'arrivée d'Armelle, Marguerite et Adeline, le premier trio des consultantes, je descends à la cave pour en remonter mon dernier magnum de Sauternes. Il accompagnera parfaitement les pâtes et leur invité de la dernière minute.

Je m'apprête à le déboucher lorsque Armelle, arrivée entre-temps, me retient par la manche.

– Non ! N'en faites rien, Albert ! J'ai apporté les boissons...

Ça y est ! Les humiliations commencent. Quand on va becqueter chez les pauvres, c'est bien connu, on apporte son casse-croûte. Je me prépare à afficher ma tronche des mauvais mois mais le joli sourire d'Armelle m'en dissuade. Je lui demande donc comment ont évolué ses histoires depuis notre dernier entretien téléphonique et l'écoute ensuite du mieux que je peux se lancer dans un discours confus et heurté d'où il ressort qu'elle ne sait toujours pas où elle en est, que, depuis quelques jours, Pasquot son mari se remontre très attentionné, que « l'autre » insiste – mais sans insister vraiment – pour qu'elle saute le pas et abandonne le domicile conjugal et que, finalement, elle se demande si le mieux ne serait pas encore de se dénicher très vite un troisième larron. Passionnant, tout cela.

Après l'échange de quelques urbanités avec les Lariboisière Sisters, nous passons à table. Tandis que j'apporte la plâtrée de nouilles, Armelle part chercher la boisson dans le frigo. Classe, je me dis, la petiote a apporté du champ'. Non, c'est du wine-cooler, nous explique-t-elle. Une invention américaine, bien évidemment. Une limonade au picrate, 7° maxi, des bulles comme dans le coca, un goût étrange venu de nulle part, mise au point par les viticulteurs californiens pour écouler leurs surplus et répondre à la mode écolo.

— Le wine-cooler, poursuit Armelle, c'est un job pour vous, Albert. Je connais l'homme d'affaires qui se prépare à l'importer en France. Il recherche un publicitaire de haut niveau pour l'aider à imposer le produit en France. Énorme budget à la clé. J'ai tout de suite pensé à vous...

— C'est adorable, Armelle. Je ne sais comment...

— Si nous goûtions tout de suite ? propose Marguerite avec une mine de chatte gourmande.

— Bonne idée.

Toute fière, Armelle joue les sommelières et verse dans chacun de nos verres en cristal le bouillon de culture et sa mousse.

Nous goûtons. En silence.

Résultat des courses :

Victoire et Armelle trouvent cela gé-nia-leu.

Marguerite fait la grimace.

Adeline trouve que cela a le même goût que les médicaments qu'elle prenait à Lariboisière.

Je recrache.

– Albert ?... Tu n'aimes pas ? me demande Victoire en feignant l'étonnement.

– C'est à chier ! j'explose. À gerber ! Pouah ! Beurk !

– Vraiment Albert ?... Vous trouvez ?

– Armelle, je vous adore, mais franchement... Comment pouvez-vous objectivement envisager de populariser un pepsi vinasseux aussi merdique, pardon mais il n'y a pas d'autre expression, dans le pays qui a donné au monde Rabelais, Gevrey-Chambertin, le chanoine Kir, le Château-Margaux, et 4 000 innocents fauchés chaque année sur les routes par les alcoolos ?

– Eh bien, justement, Albert ! m'interrompt Armelle, vexée. À vous d'imaginer la campagne d'intoxication qui les désintoxiquera !

– Mais avec ce que vous voulez, ma chère Armelle ! Du lait-fraise ! Du Vichy-abricot ! du yoghourt bulgare ! Mais pas avec cette saloperie qui fleure le poulet aux hormones, la sueur de routier du Tennessee, le hamburger graisseux aux oignons, les gaz d'échappement des Yellow Cabs...

– Albert, tu dites n'importe quoi ! Cette produit va très bien marcher, tu le sais très bien. Les gens sont snobs. Si tu inventes une de ces slogans dont tu as le secret...

– Mais je ne le veux pas, ma pauvre Victoire ! Je refuse de collaborer ! Je ne veux pas être le Pétain du wine-cooler, le Laval du rototo à 7°, le Doriot du raisin qui mousse !

Belle envolée. Accueillie par un silence aussi glacial que désapprobateur. Je pars à la cuisine chercher le Sauternes. En boira qui veut.

– Il y avait beaucoup d'argent à glaner, soupire Armelle.

– Je n'en doute pas !

– Oh ! Albert, personne ne peut vous forcer à faire quelque chose qui irait contre votre morale...

Tiens ! Bizarre, c'est Marguerite qui vient de voler ainsi à mon secours. Je la remercie. Elle me sourit et attaque à son tour.

– J'ai, moi aussi, une proposition à vous faire.

– C'est vraiment trop gentil, Marguerite. J'avoue que je suis confus. Et, dans le même temps, c'est terriblement agréable de se sentir ainsi choyé.

Adeline me tapote la main. Le besoin d'affection, elle connaît.

– J'ai un cousin germain qui possède une banque à Épinal, dans les Vosges, et qui...

– Formidable, Marguerite ! interrompt Victoire. La banque, ça nous connaît ! Hélène a déficelé pour nous toutes les combinaisons ! On connaît par cœur les adagios...

– Attends, dis-je en souriant. Laisse Marguerite s'exprimer.

– Or donc, mon cousin d'Épinal a décidé de prendre de l'expansion. Il s'apprête à ouvrir une succursale à Morlaix.

– Très intéressant, dis-je.

– Oui, oui. Il va donc embaucher très prochainement des cadres de haut vol...

– Et vous avez pensé à moi, chère Marguerite ?

– Oui, Albert. Pour un travail qui vous conviendrait à merveille. Mon cousin cherche l'attaché de presse qui saura faire de lui le

Bernard Tapie du système bancaire. Il veut racheter les banques en faillite et...

— Mais il n'y en a pas, chère Marguerite.

— Ça va venir, ça va venir, Albert. Il n'y a pas que vous à être dans le rouge. Toute la France pète, que Dieu me pardonne, au-dessus de son cul, qu'Il me pardonne encore, et ce depuis des années.

— Oui, Marguerite, mais pour faire d'un banquier un héros de BD, il faut beaucoup de choses.

— Par exemple ?

— Je ne sais pas, moi, le look, le charisme, la jeunesse. Tapie a réussi là où les Frères Willot se sont plantés. Il est comment votre cousin ?

— Oh ! pas vraiment bandant ! rigole Adeline. Un véritable éteignoir !

Si c'est elle qui le dit !

— Il vaudrait peut-être mieux oublier, suggéré-je.

Marguerite fusille sa copine du regard mais ne détèle pas pour autant. Elle s'est juré de me caser.

— Dans ce cas, je pourrais vous faire engager au service de la clientèle, Albert. Vous avez tout ce qu'il y faut. Entregent, bonnes manières, autorité. Et croyez-moi, c'est tout un travail de convaincre les gens des campagnes d'apporter leur bas de laine au banquier. En plus, Albert, vous aurez la puissance. C'est vous qui donnerez l'argent. Vous ne le demanderez plus, vous le donnerez !

C'est vrai qu'elle finirait par me tenter, la garce. Un instant, je rêve. Passer de l'autre côté du guichet. Être celui qui dit non. Tape du doigt sur la table. Coupe les vivres. Ferme le robinet.

Marguerite insiste. Qu'il y a des avantages, plein d'avantages. Des séminaires à Jersey ou Ibiza. Des rencontres de banquiers européens à Anvers ou Manheim.

Je redescends sur terre. Je n'ai rien à voir avec tout cela. Ma vie, je l'ai bâtie autrement. Hors du système, des courbes de rentabilité et des plans de carrière. Me reste à refuser le labeur sans vexer Marguerite. Victoire, heureusement, prend l'initiative.

— Mais Marguerite, il faudrait que nous allions habiter à Épinal ? Ou à Morlaix ?

— Oui, bien sûr, mais durant deux ou trois ans seulement. Mon cousin compte ouvrir une succursale à Béthune par la suite.

Victoire fait la moue. Je laisse échapper un long soupir de soulagement. Marguerite range ses prospectus, vexée, et fait mine de compter les mouches au plafond.

— Peut-être pourrions-nous écouter les suggestions d'Adeline, si jamais elle en a, avant de prendre une décision définitive, dis-je pour amadouer Marguerite.

Adeline toussote et nous dévisage l'un après l'autre, tout en souriant timidement.

— Ma foi, j'ai bien une proposition à vous faire, mais peut-être n'est-elle point folichonne-folichonne.

Aïe, aïe, aïe.

— Ce sont des cousins, aussi. Ils possèdent une carrière de granit. Dans les Pyrénées. Près du col de Puymorens.

158

– Très belle pierre, le granit, Adeline, dis-je pour l'encourager.

– Oui, oui et euh... ils aimeraient que le granit redevienne euh... à la mode.

– Dans le bâtiment ? demande Armelle.

– Non, non. Ce serait euh... pour les pierres tombales !

Ah ?

– Avant, reprend Adeline après nous avoir tous consultés du regard, avant, le granit était premier choix et puis, vous savez ce que c'est, euh, la mode est passée. Alors voilà quoi.

Silence et perplexité.

– Oui, bien sûr, chère Adeline. Mais... vous en avez trop dit. Ou pas assez. En quoi pourrais-je me montrer utile envers vos cousins pyrénéens ?

– Eh bien, ce serait un travail, euh... à double détente. D'abord, contact et prospection à travers toute la France auprès des, euh... entreprises de pompes funèbres pour les convaincre d'encourager la clientèle privée à revenir au granit et puis ils aimeraient aussi que vous leur trouviez, euh... une de ces formules qui font tilt et dont vous avez le secret, un slogan quoi, qu'ils pourraient mettre sur leur mailing et les prospectus.

– Oui. Je vois. Donc, sillonner la France...

– Vous auriez une 2 CV et vous pourriez faire des notes de frais dans la limite, euh... du raisonnable.

– C'est magnifique ! Et il s'agirait donc de convaincre les croque-morts...

– Et l'opinion publique.

– Mmmh, mmmh. Victoire ? Qu'est-ce que tu en penses ?

– La partie voyage en 2 CV, ça ne me palpite pas vraiment, Albert. Mais la partie pub, je trouve cela tout à fait exciting. Et c'est ce que tu sais la mieux faire, non ?

– Mouais... peut-être. Il faudrait essayer de dénicher une formule choc. Genre : « Le granit ?... La tombe de l'Élite ! »

– Oui, dit Victoire. Ou une trouc comme : « Le granit ?... C'est la pierre bénite ! »

– Excellent, excellent ! murmure Adeline qui se met à prendre des notes pour ses cousins de Puymorens.

– Ou, suggère Armelle : « Le granit ?... J'en profite ! »

– Pas mal, pas mal !

– Attendez ! Je crois que j'ai mieux... « Le granit ?... Pour vous mettre en orbite ! »

– Super, super ! se régale Adeline qui n'arrive même plus à noter tant les idées fusent.

– J'ai trouvé ! crie Victoire. « Pas d'termites ! Dans l'granit ! »

Seule, jusqu'à maintenant, Marguerite est restée silencieuse. Elle lève brutalement la tête, nous regarde, épanouie, termine son Sauternes cul sec et nous lance : « Le granit ?... Dur comme la bite ! »

– J'ai c'qu'i'm'faut, j'ai c'qu'i'm'faut ! triomphe Adeline, et elle recapuchonne son stylobille.

Quand, écœuré, je pars une heure plus tard me coucher, les amies de ma femme ont encore eu le loisir de me proposer d'être le nègre d'un chanteur noir qui rêve de voir publier ses mémoires, animateur de choc pour les week-ends à la mer ou à la neige qu'une chaîne d'hypermarchés offre à ses caissières les plus rapides, cracheur de feu à Beaubourg, poète volant pour matinées enfantines et restaurateur grec à la Contrescarpe.

Lendemain soir, même heure, même décor, même menu, séminaristes différentes : Edmée et la petite Thérèse qui relève d'hépatite.

Bizarrement, ces dames se montrent plus dissipées que celles de la veille. Vraisemblablement, tout à la joie de voir la petite Thérèse enfin réintégrer le Clan. Chaque fois que je pénètre dans le salon – les apéritifs, les amandes salées, le *France-Soir* que j'ai égaré, le chat, viens manger, allez le chat viens –, les conversations s'arrêtent net, les éclats de rire suspendent leur vol tandis que ces dames font des têtes de circonstance.

Il faudra attendre que nous soyons passés à table pour qu'Edmée entre enfin dans le vif du sujet.

– Albert, sauriez-vous me dire combien de fois la Vierge est apparue au cours des dix derniers siècles ?

– Chic ! s'exclame Victoire, on joue à Trivial Pursuit !

– Non, Victoire, je suis très sérieuse. Alors, Albert, vous savez ou pas ?

– Pas la moindre idée, Edmée !

– Ça ne m'étonne pas ! Enfin... voici la

réponse : 21 000 fois ! La Vierge a fait 21 000 apparitions recensées en 1 000 ans !

— C'est extraordinaire en effet, ma chère Edmée, mais franchement je ne vois pas...

— Occupons-nous des prochaines, Albert !... Vous le savez sans doute, j'ai hérité d'une petite maison en Poitou-Charentes. Très agréable, cuisine intégrée, poutres apparentes, chauffage au fuel, pruniers dans le jardin. Comme je n'y vais malheureusement pas très souvent, je me suis abonnée au journal du coin, histoire de respirer ainsi un peu l'air du pays. Or, l'autre jour, j'y ai lu un écho de trois ou quatre lignes coincé entre le compte rendu d'un accident de tracteur sur la D 113 et le cours des poires au marché régional. Cet écho faisait mention d'une petite agricultrice de quatorze ans qui affirmait avoir vu la Vierge dans les marais.

— Un scoop qui, apparemment, n'a pas été repris par la presse nationale, ironis-je.

— Et voilà, Albert ! Et voilà ! Vous venez de mettre le doigt ! Occupons-nous de cette histoire, faisons-la monter en graine et récoltons les fruits !

— Quels fruits ? interroge Vick. Des poires ?

— Exactement, ma chérie ! triomphe Edmée, les poires ! On confie toute la campagne de lancement à Albert, il alerte les médias, déplace FR3 local puis les chaînes nationales et le truc est lancé.

— Mais quel truc, Edmée ?

— Mais le nôtre, Albert ! Sur les lieux de l'Apparition, on installe une boutique à frites, merguez et souvenirs religieux, et notre fortune est faite ! Vous savez combien ils font de visiteurs à Lourdes chaque année ?... Quatre millions ! Quatre millions, Albert ! En plus, je suis certaine que nous obtiendrons très vite des subventions des municipalités. Ils ont beau être radicaux-socialistes dans le coin, ils ont besoin, comme tout le monde, d'argent frais pour terminer les adductions d'eau...

– Écoutez-moi, Edmée ! Je vous aime bien. Mais si, mais si. Je trouve en plus que c'est véritablement adorable de votre part d'essayer de nous aider dans la phase difficile que nous traversons mais, en un mot comme en cent, vous me prenez la tête ! Vous me gonflez ! J'en ai marre ! Je n'en peux plus !

– Albert, mon amour, calme-toi ! Et écoute au moins Thérèse. Elle a une trouc à base de globioules rouges à nous proposer. Depuis son hépatite, c'est devenu une spécialiste.

– Oui, enchaîne Thérèse aussitôt, et là ce serait effectivement un travail pour vous deux. Ils cherchent un couple...

– Qui... Ils ?

– Les Suisses ! Ils ont un poste de météorologues à pourvoir. Tout en haut de la Jungfraujoch, dans les Alpes Bernoises. À 3 450 mètres d'altitude.

– On pourrait faire de la ski toute l'année, Albert...

– Oui. Et du luge, aussi !

– C'est un boulot pépère, Albert, reprend Thérèse, c'est pour cela que j'ai pensé à vous. (Et toc !) Vous avez juste à prendre les mesures quatre fois par jour et à les téléphoner à Wengen, dans la vallée. Le reste du temps, vous vivez en amoureux, au-dessus des nuages...

– C'est magnifique mais… s'ils tombent malades ? questionne Edmée en pensant sans doute à nos hormones.

– Eh bien, nous mourrons, chère amie ! réponds-je, voyant enfin la brèche où m'engouffrer. SOS Médecins ne monte pas à 3 500 mètres d'altitude…

– 3 450 !

– 3 450, soit.

– Vous ne tomberez pas malades ! triomphe Thérèse. À cause des globules !

Je n'en peux plus. Vite, du Valium. Du Témesta. De l'Aspro. Du Sympatyl. Du Lysanxia.

– Là-haut, sur votre montagne, vous aurez dans le corps 30 pour cent de globules rouges de plus que le commun des mortels ! Vous serez à l'abri de tout ! Le type qui était là-haut avait soixante-dix-huit ans ! Et sa femme, à peine moins. Ils sont en pleine forme tous les deux et viennent de partir prendre leur retraite…

– Où ça ? j'interromps. Dans l'Himalaya ?

– Non, non, Albert. Comme tout le monde. En Provence.

– Moi, finalement, ça me dirait bien, soupire Victoire. Le soleil, le silence, pas les huissiers…

– Mais tu rêves, ma pauvre chérie ! Là-bas, tu serais dans le brouillard givrant toute l'année avec, pour seule musique, le cri des choucas, le bruit du train et les plaintes des Coréens venus se perdre en baskets sur la paroi Nord de l'Eiger !

– Ah ?… Parce qu'ils font ça en baskets, les Coréens ?

– Uniquement ceux du Nord ! je hurle, et je quitte le living en claquant la porte.

J'ai juste le temps d'entendre Edmée protester que je devrais y mettre un peu du mien.

En arrivant dans la chambre, je branche Canal + et avant même qu'apparaissent les premières images, j'ai le temps de reconnaître l'accent méditerranéen d'Omar Lévy qui demande à une grosse salope si elle jouit.

J'éteins la télé.

Armelle et sa limonade avariée. Marguerite et son banquier expansionniste. Adeline et la réhabilitation du granit. Edmée et la 21 001e apparition de la Vierge. Thérèse et ses globules.

Chez Khomeiny, je serais déjà au Paradis.

Ici, il me reste encore Marie-Rose, Béatrice et Dominique, retour des Seychelles, Hélène nous ayant fait savoir qu'elle n'avait rien de palpitant à proposer pour le moment.

La première nommée se manifeste aux aurores, en sonnant à notre porte.

— J'ai trouvé un boulot ! nous annonce-t-elle, transportée de joie, et avant même que nous n'ayons le temps de la féliciter, elle rajoute qu'il y en a un aussi pour moi. Oh ! ça n'ira pas très loin, continue-t-elle mais Albert, en attendant de trouver autre chose, vous vous ferez vos 150 F par jour et 250 le dimanche. En ne travaillant qu'un petit quart d'heure.

— Ma foi, dis-je, conciliant. Mais vous, Marie-Rose, d'abord, qu'avez-vous donc trouvé ?

— Je fais bonne !

— Tu vois ! me lance Victoire. Ce n'est pas désodorant de faire bonne ! C'est ce que je voudrais faire, moi aussi, explique-t-elle à Marie-Rose.

– Oui mais attends, Victoire ! Moi, je suis une bonne un peu spéciale... Je vole mon patron !

– Comment cela ?

– Oui, oui ! C'est Ferdinand qui m'a branchée ! Je suis bonne à tout faire chez un vieux gâteux, riche comme Crésus et qui se croit très gravement malade ! Il n'est pas sorti de chez lui depuis quinze ans environ, se pense atteint de toutes les maladies possibles et consulte deux ou trois médecins par jour. Même le dimanche ! Ferdinand a été l'un de ses toubibs cinq ans durant mais maintenant, avec son nouveau travail au journal, il n'a plus le temps.

– Mais enfin, Marie-Rose, Féfé n'a jamais été docteur !

– Et alors ?... Du moment que l'autre pense le contraire ! De toutes les manières, il est beaucoup plus calé que les médecins qui viennent à son chevet. Les mecs n'ont rien à dire, c'est lui qui leur indique les symptômes. Ils sont une dizaine à Paris – neuf vrais et Ferdinand – à se partager la rente depuis des années. Alors voilà, Albert... Ferdinand vous offre sa place. Tant qu'il sera au journal. Vous pouvez commencer demain. Le type est prévenu. Vous verrez, c'est très cosy chez lui. Il fait un peu chaud mais c'est sympa. Il a fait aménager son salon en salle d'attente...

– En salle d'attente ?

– Oui, oui. Pour les médecins ! Il y a parfois embouteillage ! Mais on n'attend jamais longtemps ! Il reçoit très vite.

Je suis fatigué. Las. Revenu de tout.

— Et toi, Marie-Rose ?... Comment tu fais pour la voler, ce vieux con ! s'inquiète Vick.

— Ben, en faisant les courses, ma chérie ! Il n'a plus aucune idée sur les prix puisqu'il n'a pas mis le nez dehors depuis quinze ans ! Depuis quinze ans, ses bonnes l'arnaquent ! Lui font croire qu'une entrecôte vaut 500 F le kilo et une botte de poireaux, 200 ! C'est – avec le boulot de dame pipi chez Maxim's – un des postes les plus recherchés de Paris. Moi, j'ai eu la place grâce à Féfé. La dernière bonne vient de s'en aller, elle s'est acheté un petit hôtel à Menton !

— Mais ça ne tient pas debout votre histoire, Marie-Rose. Avec la télé, le type doit bien savoir...

— Pas de télé, Albert ! Il a peur de l'implosion.

— Et les journaux ?

— Pas de journaux ! Peur des microbes ! Non, non, Albert, il n'y a pas de défaut dans la cuirasse. C'est une affaire en or. Personnellement, j'y passe trois heures par jour et je m'y fais entre mille et quinze cents francs.

— Mais d'où lui vient tout cet argent ?

— Il a des immeubles dans tout Paris. Il encaisse les loyers et quand les toubibs l'ont trop épongé, il en vend un. Son avant-dernière bonne lui en a racheté un de huit étages, boulevard Haussmann, l'année dernière.

— C'est de l'escroquerie pure et simple, ma chère Marie-Rose !

— Et voilà ! Tout de suite, les grands mots ! Ce vieux bonhomme, son seul bonheur sur terre c'est de consulter des médecins et s'entendre dire qu'il court à l'infarctus, a chopé une gastro-entérite, couve un rhume et présente tous les signes d'un cancer aux doigts de pied, et vous voudriez lui gâcher ses dernières années, Albert ?... Allons, allons. Redescendez sur terre. Moi, maintenant, il faut que j'y aille. Aujourd'hui par exemple, j'achète des escalopes de dinde et lui dis que c'est du veau. Bénéfice immédiat : un Molière, un !... En tout cas, Albert, je puis vous dire que Ferdinand serait très fâché d'apprendre que vous refusez de reprendre sa clientèle.

Et elle s'en va !

Après son départ, Victoire m'engueule. Que je commence à l'enquiquiner avec tous mes refus successifs et maintenant avec mes scrupules d'un autre siècle. Qu'elle ne restera pas toute sa vie avec un mec qui passe ses journées en pyjama à refuser les importunités que lui présentent ses copines.

Et elle décide d'aller faire un tour, elle aussi. Histoire de s'aérer les idées.

Cela me permet d'intercepter, dix minutes plus tard, le coup de fil de Béatrice de Manitout. Qui nous propose d'aller les rejoindre ce soir, elle et Omar, au Studio Sofreson, où ils ont une séance de synchro pour le film danois « La motte qui fond » et pour laquelle il faudrait justement deux voix de plus, vu qu'il s'agit d'une partouze entre sados-masos et que la voix à accent de Victoire rajouterait encore un peu de piment au texte qu'elle a écrit elle-même hier soir et qui est déjà à lui seul un petit régal.

Je décline, poliment mais fermement, l'invitation en la priant de ne surtout pas rappeler

Victoire, puis pars à mon tour me promener. Paris, en cette fin de mai, resplendit de mille feux et la bronzette sur les quais y est encore gratuite.

Quand je rentre, après m'être nourri d'un sandwich acheté rue Saint-André-des-Arts, Victoire m'accueille avec un grand sourire. Ce soir, m'annonce-t-elle, ce sera le dîner de la dernière chance. Dominique est rentrée des îles et aurait un job mirifique à me proposer.

Le pire n'est donc, point encore, arrivé.

Entre Dominique et moi, ça n'a jamais vraiment collé. Elle est gouine et elle a fait l'ENA. Je ne suis donc, à ses yeux, qu'un minable ver de terre inculte, et, de surcroît, chassant sur ses terres.

Dommage qu'un aussi ravissant petit lot, sous le prétexte fallacieux de s'être plus ou moins fait violer par son beau-père à l'âge de dix-sept ans, ait décidé de haïr à vie ceux que le Bon Dieu a pourtant inventés dans le seul et noble dessein d'apporter bonheur aux dames.

Sûr qu'elle devait avoir des penchants.

À sa sortie de l'ENA, Dominique est directement entrée à la Cour des Comptes, d'où elle est ressortie trois ans plus tard, après avoir tout compris, pour ouvrir sa propre boîte : « D'Ideas » – prononcer Daïdiz – Conseils en Management – Gestion stricte de budgets serrés – Politique d'Austérité pour Grandes Entreprises se trouvant dans l'œil du cyclone.

C'était il y a cinq ans. Dominique fait aujourd'hui partie des « Dix Businesswomen Les Plus Influentes De La Planète ». Elle a ouvert des agences à New York, Londres, Caracas, Dubaï, Hongkong, Genève et Tokyo. Que des nanas.

Comme elle. Toutes, beau cul et haine du mâle. Dévouées à « D'Ideas » – prononcer Daïdiz – 24 heures sur 24.

La proie idéale de Dominique et son gang d'amazones : les multinationales tentaculaires, les administrations hypertrophiées, les organismes internationaux. Bref, tous ces caravansérails anonymes où il se trouvera toujours un abruti, fasciné par ses fesses et son QI, pour commander une enquête totalement inutile. Dominique a ainsi su soutirer 46 000 dollars au Département de l'Agriculture US pour leur faire découvrir qu'il fallait 0,792 secondes pour extraire un œuf d'un réfrigérateur. L'Agence Fédérale de l'Aviation Civile lui a versé 57 800 dollars pour une étude sur les mensurations idéales des hôtesses de l'air, et elle a extirpé 38 009 dollars à la Fondation Nationale de la Science qui désirait déterminer les raisons pour lesquelles les gens peuvent se sentir déprimés. Le Mémoire de l'agence « D'Ideas » – prononcer Daïdiz – se terminait – je m'en souviens pour l'avoir lu à l'époque – en ces termes : « Des événements négatifs peuvent conduire à la dépression » ! 38 009 dollars pour lâcher ce diagnostic ! Féfé, médecin de quartier, enfoncé !

À peine arrivé, un bisou juste un peu trop appuyé à la commissure des lèvres victoriennes, pour moi un vague « Ça va, Albert ? » et Dominique nous entraîne sur le balcon.

– Regardez… là, là en bas.

– Quoi ? fait-on Victoire et moi.

– La Maseratti. Là… La Maseratti rouge. Je viens de me l'offrir !

Cette gonzesse, je la hais !

Tandis que j'invective Jéhovah tout en matant le bolide, les filles retournent s'installer sur le divan pour papoter.

– Albert... Ouh ouh ? Si tu allais nous déboucher la bouteille de Lanson que Dominique a apportée ?

Tiens ! Pas con. L'air de ne pas avoir l'air, je pars chercher le champagne dans le frigo, réintègre mon balcon, défais l'armature métallique qui retient le bouchon puis me mets sournoisement à agiter férocement la bouteille.

Avec un peu de pot, et si je vise bien, le bouchon, catapulté par le breuvage en fureur, s'en ira péter le pare-brise de la Maseratti.

Quand je sens que la pression maxi est là, je retire mon doigt. Pam ! Une vraie détonation. Et je suis des yeux, ravi, la trajectoire du projectile. Qui atterrit dans une Golf décapotable en train de passer par là. La nana qui conduit s'imagine attaquée par un frelon et lâche son volant.

Sa bagnole vient emboutir la mienne, sagement parquée devant la Maseratti. Je n'ai plus d'aile avant et, décemment, ayant encore ma pétoire à la main, je ne peux descendre faire le constat.

La « frelonnée » sort de sa Golf, vérifie qu'elle n'a rien, remonte en vitesse, fait marche arrière et taille la route.

N'ayant pas envie d'en entendre des vertes et des pas mûres, je réintègre le living comme si rien n'était arrivé et offre à boire à ces dames. Il reste dans la bouteille à peine de quoi remplir leurs coupes mais ni l'une ni l'autre n'y prêtent attention. Je comprends enfin comment H. G.

Wells a pu faire pour écrire *L'Homme invisible*.

Sauf que moi, on finit par s'apercevoir de mon existence.

— Albert Darling, ce serait gentil si tu allais mettre les pâtes à cuire...

Bon d'accord, c'est gentiment formulé. Dans le 16e, on continue d'être aimable en public avec les Portugais. N'empêche que me faire passer aux yeux de Dominique pour le majordome, c'est un peu dur.

Celle-ci me regarde d'ailleurs partir comme si j'étais un caniche à qui l'on vient de demander d'aller aboyer à la fenêtre parce que deux Iraniens sont passés dans la rue.

Mais je décide de rester cool. Après tout, c'est le dernier dîner. À son terme, Victoire sera bien obligée de convenir qu'entre les escroqueries et les ringardises proposées par ses copines, il n'est pas aussi aisé que cela de se réinsérer dans le monde du travail.

— On ne va pas manger des nouilles, mes enfants ! proteste soudain Dominique. Vous n'y pensez pas ! Je vous invite au restaurant. J'ai une amie qui vient d'ouvrir un bistrot ultra-sympa, je vous y emmène.

— Une trouc comme le Katmandou où tu m'as déjà emportée une fois ?

— Non, non Victoire. Puisque ce soir Albert est avec nous, nous allons aller dans un restaurant mixte...

— Si je dérange ? hasardé-je.

— Pas du tout, Albert, pas du tout. D'autant que j'ai cru comprendre...

— Oui, Dominique, j'ai un mari chômageur ! Tu te rends compte ?... C'est la première fois !

– Ma pauvre chérie ! Toi qui as toujours rêvé d'être entretenue sur un grand pied !

– C'est de la chance à pas d'faute ! je lance.

– Pas d'faute, pas d'faute, c'est vite dit, Albert. Si tu n'aurais pas traité Toucasse de con...

Décidément, ce soir, mon Écossaise favorite est en verve. J'ignore qui lui a monté le bourrichon ou si elle a pris feu toute seule mais l'agressivité est plus que latente. Demain, j'irai pointer chez Éboueurs and C°. Tout plutôt que de devoir continuer à avaler des couleuvres. J'ai déjà le python de Marie-Rose.

Avant de monter à l'arrière de la Maseratti, je vais discrètement saluer la dépouille de ma caisse. Tout l'avant est à refaire et si le châssis n'a pas été faussé, c'est que j'ai vraiment une veine de pendu.

Pendant le trajet, Dominique vante les charmes de l'endroit où elle nous emmène. C'est l'endroit « où il faut être vu ». On y croise Steph' de Monaco et Frédéric Mitterrand, Rita Mitsouko et Yannick Noah, François Léotard et Indochine. Manquent que Roux et Combaluzier mais ça ne saurait tarder.

C'est seulement en arrivant au restaurant que je saisis toute l'ampleur du désastre. En temps normal, c'est le mâle qui pénètre dans le lieu, salue le maître d'hôtel et installe ses invitées à sa table.

Là, rien de tout cela. On n'en a que pour Dominique. Avec leur flair légendaire, les loufiats ont déjà senti que je n'étais qu'une pièce rapportée, un objet sans importance qui ne mettra pas la main à la poche à la fin du banquet.

Quand je constate qu'on nous dirige vers une table rectangulaire – si j'invitais, je pourrais les mettre toutes deux sur la banquette et m'installer en face, au milieu, royal, alors que là, je le sais, elles vont s'installer en vis-à-vis et me laisser face au vide –, je suggère timidement qu'une table ronde serait peut-être plus conviviale. Le maître d'hôtel consulte Dominique qui ne s'oppose pas et nous entraîne vers, annonce-t-il, la dernière table ronde libre.

Les dames s'y installent comme prévu, face à face, tandis que le maître d'hôtel m'assied entre elles, dos à la salle et face au paravent qui cache l'entrée des chiottes !

Pas le temps de protester, nous avons déjà les cartes en main. Je suis seul à la lire. Victoire et Dominique ne sont pas venues là pour le plaisir du palais mais pour celui de la tchache.

Et du coup, cette salope, entre deux éclats de rire, fait le menu pour moi. Diététique, d'accord, Albert ?... Haricots verts en salade et turbot à la vapeur. Ça vous fera le plus grand bien. Vous commencez à avoir un peu d'estomac.

Victoire approuve. Que c'est une bonne idée et que d'ailleurs on avait décidé de se mettre au régime.

Le sommelier apporte la carte des vins, refuse d'apercevoir ma main tendue et se penche à l'oreille de Dominique pour lui suggérer un petit Quincy blanc qu'il vient de recevoir et dont elle lui dira des nouvelles. Parfait ! Une demie suffira, elle annonce cette salope, sans même chercher à savoir si je n'aurais pas préféré un Pouilly-Fuissé, un Chassagne-Montrachet ou même à la rigueur un Graves sec. Salope ! Catin ! Macho !

Ce restaurant est peut-être sympathique mais il s'y commet un bruit d'enfer. Si donc vous n'avez pas la chance d'être en face de votre interlocuteur afin d'y pouvoir lire sur ses lèvres, vous n'avez aucune possibilité de participer à la conversation. Personnellement, mon interlocuteur est le paravent des chiottes. De toute manière, ce dont elles parlent ne m'intéresse guère. Je me fous de leur conversation. Il m'est égal de savoir que Sonia, l'actuelle petite chérie en titre de Dominique, travaille dans les relations publiques et a failli se faire violer l'été dernier à Megève pendant le Tour de France par un cycliste colombien qui avait mâché trop de feuilles de coca. Je me moque tout autant de savoir avec qui est Catherine Lara, quel politicien de premier plan s'est fait ramasser dans une rafle au Bois de Boulogne et le nom de la productrice qui, après avoir sniffé un peu trop de coke, s'est présentée complètement à poil au dîner de clôture du Gray-d'Albion au dernier Festival de Cannes.

Victoire, elle, boit les paroles de Dominique. Glousse, rit, applaudit, en redemande. Et l'autre en a plein la besace.

Au bout d'une heure de bruit de chiottes, je craque et demande l'addition.

– Tiens ! C'est donc vous qui invitez ? s'interrompt Dominique.

La classe, c'est comme la rumba, ça ne s'oublie pas.

– No problem ! toussoté-je.

– Allons, Albert ! Je plaisantais, dit-elle tout en posant sa main sur la mienne. Protectrice. Compréhensive. Méprisante.

Sur le trottoir, Dominique me tend les clés de la Maseratti.

– Prenez, Albert... J'imagine que vous mourez d'envie de l'essayer ?

Elle me gonfle l'énarque. D'un autre côté, c'est vrai que j'en bave de sentir vibrer sous mes pieds les 350 chevaux de la Maseratti. Je m'assieds donc dans le même centième de seconde sur le cuir beige et sur ma dignité.

De l'intérieur, j'ouvre aux ladies.

Qui s'installent toutes deux à l'arrière !

– Chauffeur ! Au Ritz !

C'est Victoire.

Elle me revaudra ça.

– Non, non, rit Dominique. Retournons chez vous. Nous y serons plus au calme pour parler. Ce que j'ai à vous dire doit rester confidentiel.

Je propose de rentrer par le périphérique, histoire de pouvoir pousser une pointe si les radars ne sont pas là, et ces dames, indifférentes, se remettent à papoter.

Rue de Passy, elles me laissent garer la voiture et montent déjà s'installer.

– Bien, Albert, si l'on parlait un peu de vous, maintenant ? sourit Dominique tout en s'allongeant confortablement sur le divan et en faisant signe à Victoire de venir s'asseoir à ses côtés. Le basic, vous connaissez, Albert ?... Non, évidemment. Et si je vous dis soft-ware ?

– La guerre en dentelles ? je suggère.

– Pas vraiment. Et Random Access Memory ?... Cela ne vous dit rien non plus. Et... Disquette ?... Octet ?...

– Ma foi. À part l'octet de Lennie Tristano,

avec Lee Konitz à l'alto et Warne Marsh au ténor... Bon, apparemment, ce n'est pas ça.

Dominique me dévisage comme si j'étais le dernier débris d'une catastrophe nucléaire. Je n'apprécie pas plus que de raison et lui explique donc, dans la foulée, que je tape mes idées à la machine sur une vieille Underwood d'avant la Seconde Guerre mondiale qui ne m'a jamais fait faux bond et n'a pas de puces; que quand j'appuie sur un interrupteur, je suis content qu'il y ait de la lumière mais je serais bien incapable d'expliquer comment elle a fait pour venir jusque-là et qu'enfin, lorsque j'ai commis la bêtise de jeter un mégot dans la cuvette des chiottes, il m'arrive de tirer la chaîne quinze fois de suite avant de me décider à saisir l'objet de mes blanches mains. En conclusion, annoncé-je, je ne suis pas sûr que nous puissions trouver un terrain d'entente.

Dominique ébauche un sourire genre je vous ai compris. En bonne énarque, elle sait quand il faut rajouter un peu d'huile dans les rouages. Les ministres sautent, les chefs de cabinet restent.

Quelques secondes de silence, ronds de fumée de Camel vers le plafond, puis elle murmure, rêveuse :

– Au fond, je pourrais peut-être vous mettre sur un coup... Un gros coup.

– Le casse du siècle ? Par les égouts ?... Trop tard, c'est déjà fait, je narquoise un brin.

– C'est curieux ce que vous venez de dire, Albert, car cela a effectivement à voir avec les égouts.

– Eh beh ! On n'est pas dans la merde !

– Taisez-toi un peu, Albert, et pouis stoppez d'être toujours négative !

Dominique continue de m'observer avec attention.

– Ma foi, Albert, vous possédez de réels dons de divination ! Il s'agit bel et bien de ce dont vous parlez !

Je sens à nouveau le couvercle de ma marmite qui s'agite mais Victoire me fait les gros yeux et j'opte donc pour le silence. Ce qui permet à Dominique de poursuivre.

– Voici ce dont il s'agit. C'est un problème qui agite à l'heure actuelle les plus cotés des bureaux d'études et de prospective à travers le monde. Daïdiz – écrire D'Ideas – est évidemment sur le coup. Que faire des excréments canins urbains ? Comment les recycler ?

Dominique marque une pause, puis repart.

– Savez-vous combien de chiens se promènent dans les rues de Paris, Albert ?

– Pas la moindre idée ! Par contre, je puis vous dire que la Vierge est apparue 21 000 fois au cours des dix derniers siècles...

– Il y a environ 500 000 chiens à Paris, Albert ! Un demi-million de clebs !

– Oui, et alors ?

– La plupart d'entre eux, pour ne pas dire tous, font leurs besoins dans la rue. Et le tout part à l'égout. C'est une perte immense pour une société qui n'aime pas cela. Partout dans le monde à l'heure présente, des scientifiques de haut niveau cherchent comment recycler ces déjections. Engrais ?... Parfums ?... Cosmétiques ?... Lotions capillaires ?... Médications contre l'impuissance ?... Plusieurs pistes sont suivies. Rien n'a encore été trouvé mais c'est désormais une question de semaines, de mois tout au plus.

– C'est absolument répugnant, votre truc, Dominique, et de surcroît je ne vois pas où vous voulez en venir ?

– Je vous fais pourtant un cadeau en or, Albert. Soyez le premier à négocier avec la Mairie de Paris le rachat de ces centaines de milliers de crottes quotidiennement ramassées par les motos vertes et vous serez bientôt riche...

– Mais c'est génial ! s'extasie Victoire. Tu voudrais qu'Albert aille voir Chirac pour lui racheter toute sa merde ?

– Euh, oui, Victoire, en gros c'est cela mais je ne pense pas qu'il faille traiter directement avec Chirac. Un directeur de cabinet devrait suffire. Seulement, avant d'entamer les discussions, vous devez récolter le maximum d'informations. Quelle quantité est ramassée quotidiennement ? La qualité varie-t-elle selon les quartiers ? Etc.

– Attendez ! J'ai une idée ! crie Victoire en fonçant vers le téléphone.

– Victoire, mon amour, tu ne vas pas te lancer dans cette horreur ! je proteste. Tu ne vois pas que Dominique se paye notre tête ?

– Pas le moins du monde, Albert ! Le premier qui saura se greffer sur cette affaire et obtenir la concession, celui-là n'aura plus jamais besoin de travailler.

Je m'apprête à répondre vertement lorsque Victoire nous intime l'ordre de nous taire. Ça sonne ! Il est 23 h 45 mais apparemment, tout le monde s'en fout.

– Qui appelles-tu ?

– J'appelle Marie-Rose, Albert ! Tu sais bien, elle fait tous les jeux au radio et à la télé. Elle a toutes les dicos, les encyclopédiques et la *Quid* depuis la première année. Elle est une incollable... Allô ? Allô Marie-Rose, c'est toi ?... C'est moi. Mais oui, je sais qu'elle est tard mais je t'appelle pour une job ! Pour Albert ! Une trouc dans la merde !... Mais non, je ne suis pas soûle ! Oui, oui, Albert est là. Et Dominique aussi. Elle t'embrasse. Toi aussi ?... Bon, je la lui dis. Alors, maintenant, tu m'écoutes. Ce serait une trouc à faire avec Chirac. Voilà la question : combien les motos verts ramassent de crottes dans les rues de Paris ?... Oui, oui, c'est ça. D'accord, je ne quitte pas. Comment ?... Ben, en kilos, je présume.

– Non, non ! En tonnes, précise Dominique.

– Alors en tonnes. Mais oui, j'attendes.

Victoire nous fait un clin d'œil, nous précise que Marie-Rose est décidément géniale puis reconcentre son attention sur l'appareil.

– Quoi ! Combien ?... Mais tu es folle, Marie-Rose ! C'est toi qui as bu !... Bon, ben merci very much, je t'embrasse. Oui, oui, je te rappelle demain.

Victoire raccroche et s'assied. Toute pâle.

– Alors ? interroge Dominique.

– Deux tonnes ! Deux tonnes !

– Par an ? ne puis-je m'empêcher de demander, abasourdi.

– Par jour, Albert, par jour ! Et encore, ne ramassent-ils qu'un quart des saletés !

Victoire en danse de joie. Dominique a sorti sa calculatrice.

– Deux tonnes par jour, cela fait douze tonnes par semaine puisqu'ils ne travaillent pas le dimanche. Cela fait donc plus de six cents tonnes dans l'année. Vous comprenez mieux maintenant ?

– Albert ! Albert, mon amour ! Tu te rends compte !... On va de nouveau être riches ! Ça y est mon chéri, on est ressorti de la merde !

Personnellement, je dirais plutôt qu'on y rentre.

Un pressentiment peut-être.

Je pars me coucher sans même dire bonsoir.

Depuis des années, le matin, Charles-Édouard procède de la même manière à l'instant de nous réclamer son petit déjeuner. À 8 h 10 très précises, quel que soit le jour de la semaine ou la saison, il saute sur le lit à hauteur de nos pieds, escalade précautionneusement Victoire à hauteur du nombril, s'allonge en ronronnant sur sa poitrine et lui administre de très délicats coups de patte sur les joues. D'abord velours, ensuite griffes légèrement sorties de leurs gaines. Dès que le seuil de la douleur maxi est atteint, Victoire se lève, plus ou moins somnambule selon l'heure où nous nous sommes couchés, et part dans la cuisine lui ouvrir sa boîte.

Depuis des lustres, Charles-Édouard a renoncé à m'imposer ce traitement, lassé de se retrouver balayé, les quatre fers en l'air, à peine sorties ses griffes.

Or, ce matin, c'est bel et bien sur moi qu'il est venu s'étendre. Et ses petites lames de corne commencent à se faire diablement pénétrantes. Je l'uppercute en rouspétant et me retourne lourdement dans le lit pour aller poser ma main dans la chevelure de Vick.

Sous mes doigts, je ne trouve que l'oreiller.

Tapote, yeux toujours fermés. Lance ma jambe sous les draps. Nobody. Allume la lumière. Visiblement, la partie gauche du lit n'a hébergé aucun visiteur, elle est immaculée. J'ai dormi seul.

Bon, ce sont des choses qui arrivent. Madame doit avoir décidé de bouder et s'en est allée dormir dans « la chambre des amis ».

Je me lève en maugréant et, précédé de Charles-Édouard, sa jolie queue tigrée en l'air, droite comme un if, pars réveiller ma douce compagne. En chemin, je me ravise. Allez ! Soyons classe. Préparons-lui un petit déjeuner à l'écossaise et nous irons l'éveiller, muni du plateau porteur de concessions. Ça adoucira les « ongles » !

Tout en bâillant à m'en décrocher la mémoire, je nourris le fauve qui ronronne contre mes jambes, me fais mon caoua direct au robinet, sors la vaisselle de gala et confectionne le breakfast de Victoire : thé, pain grillé, beurre Doumeng et marmelade d'écorces d'oranges amères.

La chambre d'ami est vide.

À en juger par les crachements frénétiques du chat, seul y rampe encore le parfum d'Einstein.

Je pars m'asseoir au salon. Ne pas paniquer bêtement. Réfléchir. Bon, ben c'est cette salope de gouine de Dominique qui a dû l'entraîner dans une boîte un peu spéciale et elles n'auront pas vu le temps passer. Peu crédible. Même chez Lesbos, on met les chaises sur les tables avant l'arrivée des facteurs. Alors, elles ont discuté toute la nuit et Victoire aura convaincu sa copine de l'accompagner au Marché des Voleurs qui déroule ses fastes chaque matin, entre 6 et 8, du côté du cimetière du Kremlin-Bicêtre. Ou bien, plus simple, elles sont allées faire un jogging au Bois, des UV porte d'Auteuil, de l'aérobic porte Maillot.

Et merde ! On verra bien.

En repassant dans le couloir, près de l'armoire, je suis pris d'un pressentiment. J'entrouvre la porte. La moitié de la garde-robe de Vick n'est plus là. Une valise et le sac Vuitton se sont fait la malle.

C'est donc plus grave que prévu.

Un deuxième café, pour réveiller les centres encore engourdis par les arbalétriers de Morphée. D'abord, rester cool. Mettre, en sourdine, le « Besame Mucho » d'Art Pepper sur le compact. Et gamberger tout en écoutant Pepper extraire de son alto torturé la moelle divine de cette somptueuse rengaine. Ne pas s'affoler. Chercher la faille. Trouver la parade. Contre-attaquer.

Victoire boude. C'est son droit. Elle a décidé de me punir. Bon. Elle est partie s'installer chez une copine. Humain. Elle attend maintenant que je l'appelle. Je ne l'appellerai pas. Quand elle se décidera à le faire, je lui tirerai la gueule. Non, plutôt, je ferai comme si je ne m'étais même pas aperçu de son absence. Oui, mais je lui dirai quand même très vite que je l'aime. Parce que c'est vrai et qu'elle me manque déjà.

Bizarre quand même qu'elle ne m'ait pas laissé un petit mot. Refaire le parcours. Pièce par pièce. Chercher. Fouiller. Trouver.

Que dalle !

Victoire s'est bel et bien volatilisée.

Et si on l'avait kidnappée pendant que je dormais ? Je ne sais pas moi, de faux employés du gaz ? Non. Une kidnappée a rarement l'occasion de faire sa trousse de toilette et d'emporter ses robes préférées. Je retourne constater ce qu'il manque dans l'armoire. Les tenues élégantes sont restées là. Vick, apparemment, n'a fait main basse que sur l'essentiel : jeans, tee-shirts, pulls.

Rassurant. Cela prouve qu'elle doit camper à la fortune du pot chez l'une de ses copines. Mais laquelle ? Laquelle, bordel ? Et que faire ? Les appeler, à tour de rôle ? Allô, bonjour, c'est Albert. Victoire s'est barrée de la maison; est-ce que, par hasard, elle ne serait pas chez vous ? Et les entendre se marrer, ricaner, se gausser, m'expliquer que cela devait bien finir par arriver, qu'elle était vraiment une sainte pour me supporter et que tout ça, c'est ma faute ! Jamais ! Même un demeuré congénital n'apporte pas l'eau au moulin, le fouet au bourreau, la mousse à la Guinness, la ciguë à Socrate.

Allez ! c'est décidé ! J'attendrai que Victoire m'appelle. Et, dans l'intervalle, vivrai comme si de rien n'était.

D'ailleurs, tiens, rien que pour l'emmerder, je vais commencer par tout chambouler dans l'appartement. Mettre la bibliothèque à la place du frigo. La machine à laver la vaisselle dans le salon. Notre chambre dans celle des amis et vice-versailles. La grande toile de Mulbac qu'elle adore, face au mur. Un tableau, vu de dos, ce n'est pas mal non plus après tout. On n'a pas inventé l'expression « un beau châssis » pour rien.

Quand je m'arrête, épuisé, à 23 h 30, c'est pour réaliser que le téléphone n'a pas sonné une fois de toute la journée !

Pas une copine n'a appelé !

C'est donc qu'elles sont toutes au courant. Toutes. J'ai été puni, elles en ont été informées, elles ont voté, le verdict est tombé : je peux crever.

Au soir du deuxième jour de silence, je craque et j'appelle le staff.

Toutes jouent la comédie de la surprise. Plus mal les unes que les autres. Ah, ce n'est pas dans ce vivier qu'Huster trouvera sa prochaine partenaire ! Comment, Albert ?... Victoire, volatilisée ?... Mais ce n'est pas possible ! Si elles l'ont vue ?... Mais non, bien sur ! Elles s'étonnaient d'ailleurs de ne pas avoir de nouvelles. Pourquoi elles n'ont pas appelé alors ?... Mais pour ne pas déranger, Albert !

Salopes !

Dominique s'indigne et monte au créneau lorsque je l'accuse d'avoir kidnappé Victoire, puis, d'avoir été la dernière à l'avoir vue vivante.

Vivante ?... Victoire morte ?... Non ! Jamais ça ! J'ai l'impression que la petite bulle qui me serre le palpitant depuis quarante-huit heures va enfin éclater et m'envoyer au tapis pour le compte.

Les mains moites, le souffle court, j'appelle la spécialiste des barbitus : Béatrice de Manitout. Qui éclate de rire. Victoire n'est pas fille à aller se jeter dans la Seine. Elle nage trop bien. Et elle me rassure. Que je vais avoir des nouvelles, que je dois m'armer de patience. Vous voyez, Albert ?... Vous voyez comme ça peut faire mal, l'amour ? Vous comprenez maintenant ?... Béatrice, je vous en supplie, est-ce que Victoire s'est installée chez vous ?... Mais non, Albert, Omar est mon seul locataire, et encore est-il parti depuis deux jours à Amsterdam pour négocier les droits vidéo d'un lot de films cochons hollandais.

Armelle ne s'intéresse que très brièvement à la fugue de Victoire, trouve cela plutôt rigolo et embraye très rapidement sur ses problèmes personnels. Quand j'entends prononcer le nom de Pasquot, je raccroche.

Thérèse me reproche de ne pas avoir sauté sur le travail de météorologues à la Jungfraujoch qui nous aurait permis de nous rapprocher et de faire le point loin des bruits de l'asphalte. Puis, elle me suggère de partir quelques jours au Touquet suivre une cure de thalasso. Elle connaît un médecin qui peut m'arranger le coup avec la Sécu.

Marguerite et Adeline sont absentes. J'apprendrai un peu plus tard par Marie-Rose qu'elles sont retournées à Lariboisière. Une petite rechute. Elles ont très mal supporté le fait que je ne prenne pas les jobs qu'elles m'avaient dénichés. Mais elles devraient ressortir assez rapidement. Voilà qui est rassurant. Enfin, une bonne nouvelle.

Hélène me propose de passer un avis de recherche à la télé. Un peu comme si Michel Drucker avait égaré sa Zaza dans une galerie marchande. Je refuse. Souhaité-je alors qu'elle prévienne Managuèze pour qu'il fasse surveiller les aéroports et sonder les étangs ? Pas encore, Hélène, réponds-je, avant de raccrocher, désespéré.

Marie-Rose m'invite à dîner. Ferdinand est à Epsom. On pourrait en profiter pour se faire un petit mariage chez les chimistes, histoire de deviser tranquillement. Merci, Marie-Rose, c'est très gentil, mais je n'en ai pas l'envie. Et puis, je n'ai pas faim. Je n'ai rien avalé depuis hier matin. Il faut vous nourrir, Albert, ne pas vous laisser aller. Elle va revenir, notre Victoire. Vous savez, les femmes sont des petits animaux capricieux et vulnérables, tenez le coup, Albert.

Pour résumer, j'aurais tendance à dire que toutes se montrent gentilles c'est vrai mais qu'elles se débrouillent toutes, en même temps, pour me glisser trois doigts de morale et m'assener la petite phrase qui fait mal. Que tout cela est ma faute. Que j'aurais dû. Que je n'aurais pas dû. Bref, pas une n'est du même avis mais toutes sont unanimes ! Ce qui m'arrive est, quelque part, mé-ri-té. Le Clan a bel et bien resserré ses rangs. Ma femme me quitte. Abandonne sa maison, son chat, son mari. Quel est le coupable ?... C'est le mec, le Jules, le con, le phallo, le chômdu, l'égoïste, le macho, le machin. Il n'a pas su prévoir, sentir, prévenir, guérir. Il glane ce qu'il a et n'a pas semé. Garçon, l'addition !

Seule, de toutes les amies de ma femme, Edmée reste injoignable.

À chacun de mes appels, je laisse un message un peu plus éploré sur son répondeur qu'elle peut, attention c'est à vous de parler, interroger à distance.

À mon cinquième coup de fil, ce n'est plus une supplique à Edmée mais un SOS à Victoire : « Si tu es là, décroche, je t'en supplie. Je n'en peux plus, je t'aime. »

Sous l'œil ironique de Charles-Édouard, je passe ma nuit à remettre l'appartement en ordre. Comme il était avant. Avant !

À 5 heures du matin, recru de fatigue et d'angoisse, je m'allonge sur la moquette du salon. Le chat vient en ronronnant se lover au creux de mon épaule et nous nous endormons comme deux cons.

À 8 h 10, pour la première fois en sept ans, Charles-Édouard respecte mon sommeil et ne me plante pas ses griffes dans la joue.

À 10 heures et des poussières, le téléphone sonne.

C'est Edmée.

Victoire sort de chez elle. Voilà pourquoi elle n'a pu m'appeler plus tôt. C'est ennuyeux, Albert, très, me dit Edmée, Victoire traverse une crise grave. Elle envisage de vous quitter. Je ne suis pas parvenue à la raisonner. Elle me paraît capable de tout. Enfin non, Albert, pas ce que vous imaginez. Mais je crains qu'elle ne disparaisse, le temps d'un long voyage. En Écosse ?... Oui, peut-être. Ou plus loin encore. Vous allez vivre des heures difficiles, Albert, très difficiles.

— Elle a dormi chez vous, cette nuit ?

— Oui. Je crois qu'elle avait passé la nuit précédente dans un petit hôtel du Marais.

— Elle était donc là quand je téléphonais et laissais mes messages sur votre répondeur ?

— Oui, Albert, elle était là. Elle vous écoutait. En pleurant. Mais en m'empêchant de décrocher. Elle restait là, immobile, sans prononcer un mot. Je suis navrée, Albert...

— Et que va-t-il se passer maintenant, à votre avis ?

— Je ne sais pas. Je pense qu'elle vous reviendra. Mais pas tout de suite. Vous allez d'abord en baver.

– C'est injuste !

Edmée ne répond rien. Solidarnosc oblige. Et moi, j'attends, muet, au bout du fil. J'attends qu'Edmée, mon ennemie de la veille, veuille bien me parler, me réconforter. JE SUIS DEVENU CONSULTANT ! Au secours ! Le Réseau vient de me harponner dans sa toile et l'araignée-chef danse du scalp autour de ma dépouille ! Allons, allons, je divague. Edmée, je vous aime ! Aidez-moi !

Elle se tait.

– Est-ce qu'elle doit vous rappeler ? Que vous a-t-elle dit ? Essayez de reconstituer pour moi sa conversation. Mot pour mot. Avec les fautes de syntaxe. Et d'abord là, où est-elle partie ? A-t-elle pris sa valise et son sac ?

– Oui, Albert, elle a tout emporté. Armez-vous de courage. Attendez qu'elle vous donne signe de vie. Et laissez-la aller au bout de son trip. Ne précipitez rien. Même moi, son amie, n'ai rien pu tenter pour la faire revenir sur sa détermination. Alors, vous, mon pauvre !

– Et je dois rester là à me tourner les pouces ?

– Que pouvez-vous faire d'autre, Albert ?... Enfin, vous devriez essayer de retrouver très vite du travail. Nous allons toutes vous y aider ! Nous sommes là !

– Toutes ?

– Évidemment ! Qu'est-ce que vous croyez ?... D'ailleurs, le système est d'ores et déjà sur rail. Nous vous téléphonerons à tour de rôle. Pour que vous ne vous sentiez jamais seul. Nous savons trop ce que c'est ! Tenez, ce soir, c'est Marguerite qui vous appellera. Enfin, Marguerite et Adeline.

– C'est trop gentil, Edmée. Mais... je les croyais à Lariboisière ?

– On leur a fait installer le téléphone dans leur chambre !

– Vous êtes des amours ! À quelle heure doivent-elles m'appeler ?

– Vers 18 heures, je pense.

– Seulement ! Et qu'est-ce que je vais faire jusque-là ?

– Secouez-vous, Albert ! Sortez ! Allez vous aérer ! Revoyez de vieux amis que vous aviez perdus de vue ! Ne restez surtout pas là à vous ronger les sangs !

LES PHRASES DE VICTOIRE !

Ces petits mots doux et réconfortants qu'elle a répétés pendant des mois à ses copines. Ces phrases banales qui m'excédaient, me rendaient fou, me faisaient grimper au mur.

Et que maintenant, je reçois comme de l'eau bénite et bois comme du petit-lait !

– Albert ?... C'est moi.

– Où es-tu ? D'où m'appelles-tu ?

– De Roissy. Je m'en vais, Albert.

– Victoire, qu'est-ce que tu me chantes là ?

J'ai le cœur, le corps en arrêt. Toutes les cellules stoppées dans leur mouvement. Le sang qui se coagule. Les cheveux qui ne poussent plus. Trou d'air. Chute libre. Je n'entends, ne sens plus que le crissement de cette lame en train de m'ouvrir le ventre. Épiderme. Derme. Vaisseaux. Graisse. Muscles. Estomac. Foie. Rate. Intestin.

– Victoire !

– Oui, Albert, c'est mieux que je pars. J'ai besoin de réfléchir avec moi-même. De savoir si nous avons encore un chemin au bout de la l'impasse. On tournait en rond, Albert, on tournait en rond, tu sais...

Et elle pleure. Doucement.

J'ai soudain le sentiment que si je parviens à trouver les mots qui conviennent, Victoire va renoncer à sa décision, déchirer son ticket d'embarquement, sauter dans un taxi, me revenir. Et, dans le même temps, c'est comme si j'avais un éléphant sur la langue. Et de la crème Mont-Blanc dans le cerveau.

– Vick ! Tu dois revenir ! Je t'aime !

Plus banal, tu meurs ! Lamentable ! Je l'imagine comme un poisson venant de flairer le métal sous l'appât. Elle s'éloigne. Je suis en train de la perdre.

– Mon avion va bientôt s'envoler.

– Pour où ? Tu vas où, bordel ?

– Loin. Très loin.

– Où, je te dis ?

– En Amérique.

– Laquelle ? Nord ? Sud ? Centrale ?

– Sud, Albert.

– Mais quoi faire ? Quoi faire, Victoire ?

– Je vais aller aider des gens. Les ceux qui ont faim. Les ceux qui ont froid.

– Et tu as besoin d'aller en Amérique du Sud pour ça !

– Oui. Je veux vivre dans un ville bidon.

– Un bidonville ?... Mais tu es folle, Victoire ? Toi qui aimes tant les bains de mousse ! Et pourquoi cela, merde ? On peut savoir pourquoi peut-être ?

– Parce que notre vie ne voulait plus rien dire grand-chose, Albert. J'ai envie d'être utile, nécessaire et autrement qu'en étant un simple poupée de luxe qui fait des fautes de syntaxe pour faire sourire sa mari. Albert, tu savez... Nous n'avons pas vu le temps passer. J'ai presque trente ans et je n'ai rien fait de ma vie. Rien... tu comprends ? Nous n'avons même pas fait d'enfant, Albert...

– Pas d'enfant ?... Mais tu ne me l'as jamais demandé !

Un silence. Il ne faut pas qu'elle raccroche.

– Tu sais, Vick, un mec c'est flemmard. Faire un môme, pour nous, c'est pire qu'un accouchement pour vous. Les formalités, les démarches, les responsabilités. Alors, si on ne nous y pousse pas... De là à en faire tout un plat et à s'envoler pour l'Amérique du Sud ! Tu es devenue folle ou quoi ?

– Peut-être.

– Peut-être, peut-être... Maintenant, Victoire, ça suffit comme ça ! Tu récupères tes valoches, tu montes dans le premier taxi venu, tu rentres et je te le fais ton gosse !

Un nouveau silence. Je suis en boule mais apparemment, je ne suis pas le seul.

– Décidément, mon pauvre Albert, tu n'as rien compris !

– Ça veut dire quoi ça ?

– Qu'une femme n'a pas forcément envie de rester avec un homme qu'elle n'admirationne plus.

– Ah, parce que tu ne m'admirationnes plus ?

– Albert, depuis que tu as perdu ta boulot, tu es devenu une mollusque, une trouc lymphatique qui ne fait que geindre et qui refuse toutes les boulots qu'on lui propose. J'avais épousé un vainqueur, je laisse un vaincu !

– Ah oui, c'est classe, ça ! Tu quittes le navire à l'instant précis où j'ai le plus besoin de toi ! C'est du propre ! Je vais me faire un plaisir d'en informer ton père !

– Il est déjà au courant.

– Et qu'est-ce qu'il en dit ?

– Que j'ai raison. Qu'une fille comme moi, ça se mérite !

– De toute façon, je n'ai jamais pu le sacquer !

– Albert, I'm sorry mais j'ai vraiment besoin de faire le point. Tu dois sacher que je t'aime toujours mais, si tu veux me récupérer, il va falloir que tu m'épates. Maintenant, il faut que je m'en vais. Ils ont lancé le dernier appel pour l'embarcation immédiate. Albert ?

– Oui...

– Pardonne-moi. Et essaye de m'attendre. Si tu peux.

Elle raccroche.

Et voilà ! Elle va monter dans son zinc, se faire draguer par un con de steward, atterrir chez les sauvages, danser la samba, m'oublier.

Et moi, le con, je devrais rester là à l'attendre ?

Hors de question !

Pour commencer, je vais aller me taper une pute !

Ensuite, j'irai voir Toucasse.

Quand je pénètre dans le bureau de Toucasse après que la secrétaire eut tenté de me faire barrage, armée de ses seuls obus, ils sont tous là en réunion. Ferlain, Labèque, Bourdon et Toucasse.

– Je veux vous voir ! Seul à seul !

Toucasse me considère d'un œil plutôt réjoui. Et pas inamical. Il fait signe aux trois fayots de ramasser leurs papiers et de quitter les lieux.

Je reste debout, feu courant dans les veines.

– Bonjour, dis-je, une fois que la porte s'est refermée. Vous avez gagné, Toucasse. Par k.-o. Trois mois que je n'ai plus de boulot, mon compte en banque est en perdition et ma femme vient de me quitter ! C'est magnifique ! Cela posé, je souhaite réintégrer l'agence. Ma place est ici. Mais pas dans les mêmes conditions. En qualité d'associé.

– Majoritaire ? rigole Toucasse.

– Je me contenterai de 25 pour cent.

– Vous êtes gonflé !

– Exactement ! Et ce n'est pas ce que l'on peut dire des trois lardus qui sortent de votre bureau.

Il sourit et me désigne du menton son humidificateur plein à ras bord. J'évite les Monte-Cristo et leur préfère un Punch.

– Grâce à vous, j'ai bu un beau bouillon. Seulement cette fois, je viens de toucher enfin le fond de la piscine et vous allez me voir remonter à la vitesse d'Ariane. À vous de savoir me choper au passage. Je vais tous les bouffer. « Clip Cool » bat de l'aile, vous le savez mieux que quiconque, et ce n'est pas la nullissime campagne sur les préservatifs que préparent vos trois Pieds Nickelés qui va vous remettre d'aplomb. Il y a de l'or à se faire avec le retour au premier plan du caoutchouc mais on ne gagnera pas en faisant des circonvolutions. Il faut aller droit au but. Je sais comment procéder.

Et je lui tartine mon plan, cogité dans la voiture, pour convaincre à nouveau le peuple français de se recapuchonner le chauve avant de s'en aller chanter sous la pluie. Jouer la franchise. Appeler un chat un chat et ne pas tourner autour du gland.

Toucasse m'écoute, fasciné.

– Vous avez dévoré du lion, Albert ! sourit-il tout en jouant avec son coupe-cigares.

– Ça a meilleur goût que la vache enragée.

– De là à vous prendre comme associé, il y a un monde…

– Je vous apporte une affaire en or, en signe de réconciliation.

– Laquelle ?

Et je lui explique l'affaire des crottes de chien.

Il saute dessus à pieds joints.

Et me refile 25 pour cent de « Clip Cool », remboursables sur cinq ans par ponctions légères sur mes émoluments de directeur associé.

Après avoir signé le deal avec Toucasse, je fais le tour des bureaux, histoire de saluer les anciennes connaissances. Ferlain, Labèque, Bourdon tirent la gueule. Leur choix est simple et ils le savent : démissionner ou plier. Ils plieront. La chef de produit, la maquettiste et les dactylos sont nettement plus chaleureuses, la palme revenant toutefois à Barbara, la standardiste.

– Pensez, monsieur Albert ! Depuis votre départ, plus personne ne m'a jamais mis la main aux fesses ! Un vrai scandale ! Je m'étiolais sur pied !

– Nous rattraperons le temps perdu, belle plante ! la rassuré-je avant de quitter les lieux.

À peine de retour chez moi et malgré l'accueil ronronnant de Charles-Édouard, ma solitude me saute à la gorge. Tout ici crie, hurle, sanglote le départ, la fuite de Victoire. À quoi peut bien servir ce qui vient de se passer à « Clip Cool » puisque la femme de ma vie vole au-dessus des océans, déjà à des milliers de kilomètres de moi, vers un autre continent, une autre vie ? Où lui câbler ? Comment la prévenir que ça y est, merci, le choc a été salutaire, j'ai tout compris, je repars de zéro et j'ai envie de lui faire ces diables de mômes dont nous n'avions jamais parlé ?

À 16 heures, un goût d'amertume aux lèvres, je m'écroule sur le divan pour ne me réveiller en sursaut qu'à 17 h 55 afin de guetter le coup de fil des Sœurs Lariboisière. Qui, comme annoncé, appellent à l'heure pile et poussent des hurlements de joie au récit de mon entrevue avec Toucasse. Ça y est, Albert ! Vous voilà sauvé ! Et nous itou par la même occasion !

Elles me font un tel triomphe qu'elles me donnent l'envie d'appeler les autres pour annoncer la bonne nouvelle. À chaque coup de fil, je fais un tabac : rires, applaudissements, sifflets, youyous. Du coup, je décide de les inviter toutes à dîner : Béatrice, Edmée, Marie-Rose, Dominique, Marguerite et Adeline, Thérèse, Hélène, Armelle.

Seule, Dominique s'excuse : elle a un dîner indéplaçable en compagnie d'une délégation commerciale de l'ambassade de Chine avec un marché de plusieurs millions de dollars à la clé. Mais elle se déclare ravie d'apprendre que les déjections canines m'ont permis de décrocher la timbale avec Toucasse. Je vais, m'annonce-t-elle, télexer immédiatement des consignes à tous les bureaux de Daïdiz – écrire « D'Ideas » – pour qu'on vous répercute dans l'heure toute information concernant les recherches actuellement en cours.

Marguerite et Adeline, elles, obtiennent de l'interne de service la permission de minuit. Que demande le peuple ?

À l'heure dite, notre arrivée au Fouquet's –

huit femmes, un mec – crée un certain émoi. Du coup, la directrice de casting qui traitait bruyamment à sa table François Cluzet, Christophe Malavoy et Xavier Deluc pique-t-elle du nez dans ses saint-jacques et c'est notre tablée que Georges Cravenne vient saluer en premier.

Toutes mes copines se sont faites belles. Même Edmée qui a recouvert de fond de teint sa cicatrice-araignée. Même Marie-Rose qui arbore un décolleté pigeonnant du plus bel effet. Armelle porte des bas résille, Béatrice laisse son balcon palpiter librement sous le cashmere et Hélène m'annonce triomphalement qu'elle ne porte pas de culotte. Pourquoi ? Tu en mets d'habitude ? lui demande Thérèse tout en rosissant quand même légèrement.

– Albert, il faudra que je vous parle, me confie Edmée à voix presque basse tandis que nous consultons le menu.

– Oh, Edmée ! Par pitié ! Pas de catastrophe, ce soir. Nous faisons la fête.

– Évidemment, Albert, évidemment. Il ne s'agit pas de catastrophe, simplement d'une mise en garde.

Que va-t-elle encore me lâcher dans les pattes, ma sorcière préférée ?... Ce sera pour plus tard en tout cas. Marguerite et Adeline sont déjà debout en train de porter un toast.

Il y en aura treize autres pendant le dîner. Chacune de ces dames tient à me souhaiter bonheur, prospérité, santé, longévité. Bizarrement, personne ne parle de l'absente. Elle doit être arrivée à l'heure présente. Seule, paumée dans une ville hostile où personne ne l'attend. Sauf les ceux qui ont faim et froid.

Victoire ?... Je ne pense qu'à toi. Tes copines, je les aime bien. Ce soir, elles sont gaies, pétulantes, en forme. Mais je les balancerais toutes les huit, toutes les neuf avec Dominique, pour un seul sourire de toi.

Vers la fin du dîner, je profite d'un instant d'accalmie dans les « Prosit ! Il est des nôôôôtres ! » pour me pencher vers Edmée qui déguste sa pêche melba.

– Que vouliez-vous me dire tout à l'heure, Edmée ?

– Bof, cela n'a pas d'importance et peut-être me suis-je trompée. De toute façon, à l'heure actuelle, je suis plus qu'un peu pompette...

– Dites-le, je vous en prie.

– Eh bien, je pensais à Victoire, Albert. Soyez vigilant.

– Vigilant ?

– Vous êtes un mec plutôt séduisant, Albert. Même si vous êtes un chieur de première bourre, que Dieu me pardonne. Or, vous venez de retrouver un statut social et votre femme s'est volatilisée.

– Bon. Et alors ?

– Certaines ne vont pas hésiter à considérer que vous êtes à nouveau sur le marché. Les femmes sont comme la nature, elles ont horreur du vide. Vous allez vous faire draguer. Alors, je ne vous demande qu'une chose : faites des bêtises si vous en éprouvez l'envie mais en aucun cas ne chassez dans cette basse-cour !

Je réalise seulement à cet instant que le genou d'Hélène est collé contre le mien, qu'Armelle a posé son pied droit sur mon gauche et Thérèse son gauche sur mon droit.

Comme elle avait raison, Edmée la douce ! Je secoue mes gambettes en douceur et, sous la table, pieds et genoux s'égaillent. D'un seul coup, je viens de rayer neuf femmes d'un hypothétique tableau de chasse.

Je crois percevoir un souffle léger sur ma joue.

Comme si Victoire venait d'y déposer un baiser.

Pénates à peine réintégrées, il est quand même 1 heure du matin, et le téléphone qui sonne.

Victoire ?... Non, Edmée. Elle vient de trouver un message sur son répondeur. Très bref. « Bien arrivée. Je vous embrasse toutes. » Toutes ?... Rien pour moi, Edmée ?... Rien, Albert, et c'est normal. Victoire vous a fui, vous et votre stratégie de l'échec. Ne vous attendez donc pas à ce qu'elle vous envoie des bisous lorsqu'elle nous appellera. Vous êtes au purgatoire, Albert, pas chez saint Pierre.

— Mais putain, j'ai retrouvé du travail, Edmée !

— Et alors ?... D'abord, Vick ne le sait pas et de toute façon, pour l'instant, cela ne lui ferait ni chaud ni froid. Elle a la haine, Albert.

La haine ?... Eh oui, m'explique-t-on patiemment, c'est comme les télés. Ça couve, ça couve et un beau jour, ça implose sans avoir eu la politesse de crier gare. Regardez Hélène et son mari banquier, Albert ! Elle l'a quitté en vingt-quatre heures sans lui laisser la moindre chance d'aller en appel. Et Armelle avec son Pasquot, Albert ? C'est exactement le même scénario. Et Thérèse ? Elle ne vous a jamais parlé de son mari, Thérèse ? Non, jamais. Eh bien, moi je peux vous dire que c'est le prochain sur la liste, Albert.

— Au fond, Edmée, il n'y en a pas une pour sacquer son mari ?

— En quelque sorte, Albert.

— Le jour où on vous a donné l'indépendance, on a fait une sacrée connerie !

Elle rigole, moi aussi. Les lieux communs, c'est comme le bismuth, ça soulage.

— Que va faire Victoire maintenant qu'elle est arrivée sur place, à votre avis, Edmée ?

— Ce qu'elle a dit. Se mettre au service d'une association caritative, s'enterrer dans un coin paumé et y prodiguer le bien. Il faut respecter son souhait, Albert. Et un beau jour, vous la verrez revenir neuve, recyclée, lavée.

— Je n'arrive pas à comprendre...

— Moi, non seulement je la comprends mais je l'envie. J'aurais dû partir avec elle. Mais...

— Mais quoi, Edmée ?

— Je pense qu'elle est heureuse de savoir que je veille sur vous.

Ah bon ! Parce que ?

Sur son front, était marqué « con ».

Les hommes sont peut-être au bout des fils, mais ce ne sont jamais eux qui les tirent.

— Edmée, une dernière question. Je suis certain que vous savez où elle a atterri. Alors, soyez gentille, dites-le-moi.

— Au Brésil, Albert. Bonsoir !

Et elle raccroche. Je me rue sur le Petit Larousse.

Le Brésil, ça ne fait jamais que 8 512 000 kilomètres carrés. Et ils ne sont que 150 millions.

De quoi se plaint-on ? Victoire aurait très bien pu choisir d'aller en Chine.

Dans les jours qui suivent, les amies de ma femme prennent ma destinée en main. Je déjeune avec l'une, dîne avec l'autre. Thérèse tient le planning.

Victoire appelle à peu près une fois par semaine. Jamais la même copine deux fois de suite. Bien qu'elle donne peu de détails, nous arrivons plus ou moins à reconstituer sa vie. Pas son itinéraire. Elle travaille comme une folle, dans des conditions parfois très dures et donne le meilleur d'elle-même à des gens qui n'ont rien, des gosses qui ont faim, des vieux qui ont froid.

Une fois, avec Hélène, elle fait une gaffe et parle des rives de l'Amazone. Seulement voilà, l'Amazone arrose quand même 7 025 kilomètres de rivages. Rive droite ? Rive gauche ? Victoire n'a pas précisé. Il n'y a donc qu'à multiplier 7 025 par 2. En gros, quatorze fois la distance Paris-Nice ! Et l'Amazone, ce n'est pas l'autoroute. Sauf pour les caïmans.

À chaque coup de téléphone, Victoire parle de moi, demande de mes nouvelles, avoue parfois que je lui manque avant de passer très vite à autre chose.

C'est Béatrice qui lui a annoncé ma reconquête de « Clip Cool ». Victoire a éclaté de rire avant de soupirer qu'elle était heureuse pour moi. Et pour elle, bordel ?

Aux appels suivants, les copines peuvent signaler que les nouveaux budgets arrivent en rafale à l'agence, que je ne sens plus le soufre et suis à nouveau réinvité dans les premières et les vernissages où elles doivent me traîner à tour de rôle car, si elles n'étaient pas là, je vivrais comme un véritable ermite.

Et puis, elles rajoutent toutes que j'ai beaucoup changé. En bien. Je suis devenu plus aimable, moins rogue, plus attentionné, moins bouledogue, plus humble, moins goguenard qu'au temps où j'étais son roi.

Alors parfois, à l'autre bout du fil, elles l'entendent éclater de rire.

D'autres fois, elle pleure.

Et puis un beau jour, Victoire n'appelle plus.

Un silence abject, insidieux, total.

Qui va se prolonger pendant un mois et demi. Au bout duquel je craque et prie Toucasse de m'accorder un congé sans solde. Partez quand vous le souhaitez, Albert, et surtout ne parlons pas argent entre nous.

Au cours d'un dîner d'adieux nostalgique, j'annonce au Clan que je m'envole à la fin de la semaine pour le Brésil à la recherche de la femme que j'aime.

Les avis sont partagés. Pour certaines, il est trop tôt. Pour les autres, trop tard. Thérèse accepte de prendre Charles-Édouard en pension. Son mari est allergique aux poils de chat, cela lui fera les pieds. Edmée passera arroser les plantes. Marie-Rose propose d'aller déposer le python pour décourager les cambrioleurs. Mais dans ce cas, Edmée n'ira pas arroser. Proposition écartée. Dominique préviendra son bureau de Caracas pour que ses filles me facilitent toutes les démarches. Marguerite et Adeline décident d'aller se réinstaller à Lariboisière jusqu'à notre retour à tous les deux.

La nuit suivante, le miracle tant attendu se produit.

J'ai Victoire au bout du fil.

— Victoire ! Mon Dieu, enfin ! D'où m'appelles-tu ?

— D'une toute petite patelin, Albert ! J'ai fait 40 kilomètres en pleine jungle pour pouvoir te parler.

— 40 kilomètres ! À pied ?

— Non, non. En jeep. Avec des militaires.

Pincement au cœur. Jalousie.

— Dis-moi où tu es. Je veux regarder sur la carte.

La situer. La situer dans ce pays dix-sept fois grand comme la France. Savoir où aller la repêcher.

— Je suis dans le Nord, Albert. À mi-chemin de Vista Alegre et de Manaus. Entre l'Amazone et le Rio Negro. Là où il y a eu le glissement de territoire. Tu en avez peut-être entendu parler au radio.

Évidemment ! Tout un pan de montagne s'effondrant dans une vallée escarpée et engloutissant trois villages. Des morts par dizaines, des centaines de blessés.

— Mais qu'est-ce que tu fous là-bas, Vick ?

— À ton avis ?... J'y suis depuis un mois et demi maintenant.

La date de la catastrophe, en somme.

— C'est pour cela que tu ne nous appelais plus ?

— Évidemment !

La communication téléphonique est terriblement mauvaise. La voix de Victoire s'éloigne puis redevient présente avant d'être à nouveau noyée sous la friture. Il faut que je me dépêche.

— Et tu m'appelles pour me dire quoi, Vick ?

– Je t'appelle parce que je viens de parler à Marie-Rose et qu'elle m'a prévenue que tu allais partir à mon recherche…

– Oui, c'est exact. Cette fois, j'en ai marre, Victoire, le petit jeu a assez duré, je vais venir t'arracher à cette gangue de merde…

– Non, Albert ! Ce n'est pas la peine !

Un coup de poignard dans le bas du ventre. Alors, c'est donc cela ?… Je l'ai perdue à jamais ?

Friture sur la ligne. Bourdonnements. D'autres voix qui rient, parlent, en portugais.

– Victoire ?

– Oui, Albert. Je t'entendez très mal. Ce n'est pas la peine que tu viennes me chercher…

– Et pourquoi ?

– Parce que je vais rentrer. Enfin… si tu voulez toujours de moi…

– Évidemment ! Mais je t'aime, Bon Dieu !

– Alors, c'est bien. Je vais revenir. J'ai trouvé ce que je cherchais…

Quoi ? Qu'est-ce qu'elle a trouvé ? Qu'est-ce qu'elle cherchait ? La paix ? Hare Krishna ? Les sources de l'Orénoque ? Pantaléon Perez Prado ? Le trésor des Incas ?

– C'est ça que je voulais te dire, Albert. Ce que j'ai trouvé. Peut-être que tu ne seras pas contente et que…

Tut-tut-tut-tut.

Allô ? Allô !

Salauds ! Salauds de PTT brésiliens ! Pourquoi vous avez coupé, danseurs de samba, pédérastes, mangeurs de fourmis !

Allô ? Allô Victoire ! Où es-tu ? Qu'avais-tu donc à m'annoncer ? Parle, parle, je t'en supplie !

Tiens ! Ça encore, franchement, si ce n'est pas typiquement féminin ! Ça vous appelle d'une cabine et ça ne pense même pas à se munir de cruzeiros !

Je passe une nuit blanche.

Pour rien. Victoire ne me rappelle pas.

Le lendemain aux aurores, état-major de crise. À main levée, nous décidons de mettre en place à Roissy un ou une volontaire pour chaque arrivée d'avion en provenance du Brésil.

Pendant huit jours de rang, les copines ou moi ne ratons pas un Boeing. Et, à chaque avion, c'est la même horreur : Victoire n'est jamais là.

À l'issue de cette semaine épuisante pour les nerfs de tous, décision est prise de lever le siège et je reprépare mon envol pour là-bas.

Au soir du onzième jour, alors que je rentre de l'agence, déprimé, maussade, abattu, une aile de poulet et de la purée en sachet sous le bras, je vois à mon passage la concierge qui sort comme une bombe de sa loge.

— Monsieur ! Monsieur Albert ! La Madame !

— Quoi, la Madame ?

— La Madame Victoire, elle est de retour !

Je suis déjà à l'entresol. Et l'autre qui continue de crier qu'attention, attention, il vaudrait mieux que je sois au courant...

Salope de bignole ! Tu ne pouvais pas me laisser la surprise, non ?...

J'arrive sur le palier, défonce à moitié la porte et pénètre comme un malade dans l'appartement.

Victoire est là qui me tend les bras, en souriant.

– Victoire !

– Albert !

C'est bien simple, on dirait du Claudel.

Victoire se précipite dans mes bras ouverts, s'y calfeutre, y sanglote. Je la serre tout contre moi, les joues inondées de larmes, les jambes dansant le shimmy. Nous sommes seuls au monde. Fin du cauchemar. Punition levée. Elle m'embrasse, rit, pleure. Je l'embrasse, ris, pleure.

Elle a maigri. Un peu. Son corps s'est musclé. Ses mains sont abîmées, écorchées.

– Je transportais souvent des cailloux grosses comme ça ! m'explique-t-elle en ayant l'air de s'excuser.

Je baise ses paumes, ses doigts. Et nous restons un long moment sans plus parler, comme attachés l'un à l'autre.

Au fond, jusqu'à cet instant où je sens, dans mon dos, comme une présence.

Je me retourne.

Dans l'encadrement de la porte du living, deux mômes. Un garçon, cinq-six ans. Une fille, quatre-cinq ans. Beaux. Bronzés. Les yeux en amande. Cheveux noirs. Irrésistibles dans leur petit tee-shirt qui leur arrive au ras des fesses. Et qui nous contemplent en silence.

Bon d'accord, j'ai oublié de refermer la porte d'entrée et, attirés par le bruit, ce doit être les enfants des voisins qui sont venus voir si le spectacle était plus marrant que Chantal Goya sur la Cinq. Mais il y a des limites. Je me détache de Victoire et fais signe aux gosses de déguerpir.

— Attends ! murmure Victoire en me retenant par la main. Attends, Albert ! Ce sont... Ce sont tes enfants !

— Mes... Mes enfants ?

— Oui, sourit ma femme, ils portent ton nom.

— Comment cela, mon nom ?

Bon, j'suis bouché, j'suis bouché. Alors, elle m'explique.

— C'étaient des orphelins, Albert. Leurs parents sont morts tous les deux dans la montagne qui a glissé. Ils sont frère et sœur. Je... je ne pouvais pas les laisser là-bas. Ils n'ont plous personne. C'est pour cette raison que je ne suis pas retournée plus tôt, Albert. Je voulais que tous les papiers, ils soient d'abord dans les règles. C'est fait. Ces enfants sont les nôtres. Pour toujours.

— Mais ?

— Mais quoi, Albert ? demande Victoire tout en se raidissant légèrement dans mes bras.

— Mais, je suis tout à fait capable d'en fabriquer...

— Tant mieux, Darling ! J'ai toujours rêvé d'en avoir un ribambelle. Si... euh, si tu n'as pas de projets spéciaux pour ce soir.

Et elle me sourit.

Et je fonds sur place.

Putain, s'il n'y avait pas les mômes, elle verrait ce qu'elle verrait.

Ah oui, les mômes, j'oubliais.

Je me tourne dans leur direction. Ils sont toujours à la même place et me regardent, m'évaluent, me jaugent, me jugent. Je m'accroupis et leur tends les bras.

— Joao ! Nara ! Allez, venez embrasser votre papa, sourit Victoire d'une voix frémissante.

Les deux gosses la dévisagent, se consultent du regard et se précipitent enfin dans mes bras. On s'étreint en silence puis Joao me tend le genre de Goldorak à la con qu'il tient dans sa menotte.

— Comment ça marche cette bordel de trouc, papa ?

— Oui, ajoute Nara, il va falloir que tu nous explicationnes, papa !

Putain ! J'ai deux mômes ! D'un coup ! Made in Brazil et qui parlent déjà avec l'accent écossais !

Je leur montre en riant, attendri, comment fonctionne la trouc puis me précipite vers le téléphone.

— Albert ?... Qu'est-ce que vous faisez ? me demande Victoire, un peu étonnée.

— Ma chérie, j'en ai pour une minute, pas plus, mais là c'est trop, il faut vraiment que je prévienne les copines !

Grands romans

La littérature conjuguée au pluriel, pour votre plaisir. Des œuvres de grands romanciers français et étrangers, des histoires passionnantes, dramatiques, drôles ou émouvantes, pour tous les goûts...

ADLER Philippe
Bonjour la galère !
1868/1
Les amies de ma femme
2439/3

Mais qu'est-ce qu'elles veulent ces bonnes femmes ? Quand il rentre chez lui, Albert aimerait que Victoire s'occupe de lui mais rien à faire : les copines d'abord. Jusqu'au jour où Victoire se fait la malle et où ce sont ses copines qui consolent Albert.

Qu'est-ce qu'elles me trouvent ?
3117/3

ANDREWS™ Virginia C.
Fleurs captives

Dans un immense et ténébreux grenier, quatre enfants vivent séquestrés. Pour oublier leur détresse, ils font de leur prison le royaume de leurs jeux, le refuge de leur tendresse, à l'abri du monde. Mais le temps passe et le grenier devient un enfer. Et le seul désir de ces enfants devenus adolescents est désormais de s'évader... à n'importe quel prix.

- Fleurs captives
1165/4
- Pétales au vent
1237/4
- Bouquet d'épines
1350/4
- Les racines du passé
1818/4
- Le jardin des ombres
2526/4

La saga de Heaven
- Les enfants des collines
2727/5

Les enfants des collines, c'est l'envers de l'Amérique : la misère à deux pas de l'opulence. Dans la cabane sordide où elle vit avec ses quatre frères et sœurs, Heaven se demande comment ses parents ont eu l'idée de lui donner ce prénom : «Paradis». Un jour, elle apprendra le secret de sa naissance, si lourd que la vie de son père en a été brisée, mais si beau qu'elle croit naître une seconde fois.

- L'ange de la nuit
2870/5
- Cœurs maudits
2971/5
- Un visage du paradis
3119/5
- Le labyrinthe des songes
3234/6
Ma douce Audrina
1578/4
Aurore

Un terrible secret pèse sur la naissance d'Aurore. Brutalement séparée des siens, humiliée, trompée, elle devra payer pour les péchés que d'autres ont commis. Car sur elle et sur sa fille Christie, plane la malédiction des Cutler...

- Aurore
3464/5
- Les secrets de l'aube
3580/6
- L'enfant du crépuscule
3723/6
- Les démons de la nuit
3772/6 (Octobre 94)

ATTANÉ Chantal
Le propre du bouc
3337/2

AVRIL Nicole
Monsieur de Lyon
1049/2
La disgrâce
1344/3

Isabelle est heureuse, jusqu'au jour où elle découvre qu'elle est laide. A cette disgrâce qui la frappe, elle survivra, lucide, dure, hostile, adulte soudain.

Jeanne
1879/3

Don Juan aujourd'hui pourrait-il être une femme ? La belle Jeanne a appris, d'homme en homme, à jouir d'une existence qu'elle sait toujours menacée.

L'été de la Saint-Valentin
2038/1
La première alliance
2168/3
Sur la peau du Diable
2707/4
Dans les jardins de mon père
3000/2
Il y a longtemps que je t'aime
3506/3

L'amour impossible entre Antoine, 14 ans, et Pauline, sa belle-mère.

BACH Richard
Jonathan Livingston le goéland
1562/1 Illustré
Illusions/Le Messie récalcitrant
2111/1
Un pont sur l'infini
2270/4
Un cadeau du ciel
3079/3

Grands romans

Grands romans

COLLARD Cyril

Cinéaste, musicien, il a adapté à l'écran et interprété lui-même son second roman Les nuits fauves.

Le film 4 fois primé, a été élu meilleur film de l'année aux Césars 1993. Quelques jours plus tôt Cyril Collard mourait du sida.

Les nuits fauves
2993/3

Condamné amour
3501/4

Cyril Collard : la passion
3590/4 (par J.-P. Guerand & M. Moriconi)

L'ange sauvage (Carnets)
3791/3 (Novembre 94)

CONROY Pat

Le Prince des marées
2641/5 & 2642/5

Dans une Amérique actuelle et méconnue, au cœur du Sud profond, un roman bouleversant, qui mêle humour et tragédie.

CORMAN Avery

Kramer contre Kramer
1044/3

Un divorce et des existences se brisent : celle du petit Billy et de son père, Ted Kramer. En plein désarroi, Ted tente de parer au plus pressé. Et puis un jour, Joanna réapparaît...

CATO Nancy

Sucre brun
3749/6

DENUZIERE Maurice

Helvétie
3534/9

A l'aube du XIXᵉ siècle, le pays de Vaud apparaît comme une oasis de paix au milieu d'une Europe secouée par de furieux soubresauts. C'est cette joie de vivre oubliée que découvre Blaise de Fonsalte, soldat de l'Empire, déjà las de l'épopée napoléonienne. De ses amours clandestines avec Charlotte, la femme de son hôte, va naître une petite fille aux yeux vairons. Premier volume d'une nouvelle et passionnante série romanesque par l'auteur de *Louisiane*.

La Trahison
des apparences
3674/1

DHÔTEL André

Le pays où l'on n'arrive jamais
61/2

DICKEY James

Délivrance
531/3

DIWO Jean

Au temps où la Joconde parlait
3443/7

1469. Les Médicis règnent sur Florence et Léonard de Vinci entame sa carrière, aux côtés de Machiavel, de Michel-Ange, de Botticelli, de Raphaël... Une pléiade de génies vont inventer la Renaissance.

DJIAN Philippe

Né en 1949, sa pudeur, son regard à la fois tendre et acerbe, et son style inimitable, ont fait de lui l'écrivain le plus lu de sa génération.

37°2 le matin
1951/4

Se fixer des buts dans la vie, c'est s'entortiller dans des chaînes... Oui, mais il y a Betty et pour elle, il irait décrocher la lune. C'est là qu'ils commencent à souffrir. Car elle court derrière quelque chose qui n'existe pas. Et lui court derrière elle. Derrière un amour fou...

Bleu comme l'enfer
1971/4

Zone érogène
2062/4

Maudit manège
2167/5

50 contre 1
2363/2

Echine
2658/5

Crocodiles
2785/2

Cinq histoires qui racontent le blues des amours déçues ou ignorées. Mais c'est parce que l'amour dont ils rêvent se refuse à eux que les personnages de Djian se cuirassent d'indifférence ou de certitudes. Au fond d'eux-mêmes, ils sont comme les crocodiles : «des animaux sensibles sous leur peau dure.»

DOBYNS Stephen

Les deux morts de la Señora Puccini
3752/5 Inédit (Septembre 94)

Grands romans

DORIN Françoise

Elle poursuit avec un égal bonheur une double carrière. Ses pièces (La facture, L'intoxe...) dépassent le millier de représentations et ses romans sont autant de best-sellers.

Les lits à une place
1369/4

Pour avoir vu trop de couples déchirés, de mariages ratés (dont le sien !), Antoinette a décidé que seul le lit à une place est sûr. Et comme elle a aussi horreur de la solitude, elle a partagé sa maison avec les trois êtres qui lui sont les plus chers. Est-ce vraiment la bonne solution ?

Les miroirs truqués
1519/4

Les jupes-culottes
1893/4

Les corbeaux et les renardes
2748/5

Baron huppé mais facile à duper, Jean-François de Brissandre trouve astucieux de prendre la place de son chauffeur pour séduire sa dulcinée. Renarde avisée, Nadège lui tient le même langage. Et voilà notre corbeau pris au piège, lui qui croyait abuser une ingénue.

Nini Patte-en-l'air
3105/6

Au nom du père et de la fille
3551/5

Un beau matin, Georges Vals aperçoit l'affiche d'un film érotique, sur laquelle s'étale le corps superbe et intégralement nu de sa fille. De quoi chambouler un honorable conseiller fiscal de soixante-trois ans ! Mais son entourage est loin de partager son indignation. Que ne ferait-on pas, à notre époque, pour être médiatisé ?

DUBOIS Jean-Paul

Les poissons me regardent
3340/3

Une année sous silence
3635/3

DUNKEL Elizabeth

Toutes les femmes aiment un poète russe
3463/7

DUROY Lionel

Priez pour nous
3138/4

EDMONDS Lucinda

En coulisse
3676/6 (Décembre 94)

ELLISON James

La fille du calendrier
3804/3

FOSSET Jean-Paul

Chemins d'errance
3067/3

Saba
3270/3

FOUCHET Lorraine

Jeanne, sans domicile fixe
2932/4

Taxi maraude
3173/4

FREEDMAN J.-F.

Par vent debout
3658/9

FRISON-ROCHE

Né à Paris en 1906, l'alpinisme et le journalisme le conduisent à une carrière d'écrivain. Aujourd'hui le partage son temps entre de grands reportages, les montagnes du Hoggar et Chamonix.

La peau de bison
715/3

La vallée sans hommes
775/3

Carnets sahariens
866/2

Premier de cordée
936/3

Le mont Blanc, ses aiguilles acérées, ses failles abruptes, son pur silence a toujours été la passion de Jean Servettaz. C'est aussi pour cela qu'il a décidé d'en écarter son fils. Mais lorsque la montagne vous tient, rien ne peut contrarier cette vocation.

La grande crevasse
951/3

Retour à la montagne
960/3

La piste oubliée
1054/3

La Montagne aux Écritures
1064/2

Le rendez-vous d'Essendilène
1078/3

Le rapt
1181/4

Djebel Amour
1225/4

En 1870, une jolie couturière, Aurélie Picard, épouse un prince de l'Islam. A la suite de Si Ahmed Tidjani, elle découvre, éblouie, la splendeur du Sahara. Décidée à conquérir son peuple, elle apprend l'arabe, porte le saroual et prend le nom de Lalla Yamina. Au pied du djebel Amour se dresse encore le palais de Kourdane où vécut cette pionnière.

La dernière migration
1243/4

Les montagnards de la nuit
1442/4

Frison-Roche, qui a lui-même appartenu aux maquis savoyards, nous raconte le quotidien de ces combattants de l'ombre.

L'esclave de Dieu
2236/6

Le versant du soleil
3480/9

Grands romans

GEDGE PAULINE
La dame du Nil
2590/6
L'histoire d'Hatchepsout, qui devint reine d'Egypte à quinze ans. Les splendeurs de la civilisation pharaonique et un destin hors série.

GEORGY GUY
La folle avoine
3391/4
Le petit soldat de l'Empire
3696/4
L'oiseau sorcier
3805/4 (Décembre 94)

GOLDSMITH OLIVIA
La revanche des premières épouses
3502/7

GOLON ANNE ET SERGE
Angélique
Marquise des Anges
2488/7
Lorsque son père, ruiné, la marie contre son gré à un riche seigneur toulousain, Angélique se révolte. Défiguré et boiteux, le comte de Peyrac jouit en outre d'une inquiétante réputation de sorcier. Derrière cet aspect repoussant, Angélique va pourtant découvrir que son mari est un être fascinant...

Le chemin de Versailles
2489/7
Angélique et le Roy
2490/7
Indomptable Angélique
2491/7
Angélique se révolte
2492/7
Angélique et son amour
2493/7
Angélique et le Nouveau Monde
2494/7

La tentation d'Angélique
2495/7
Angélique et la Démone
2496/7
Le complot des ombres
2497/5
Angélique à Québec
2498/5 & 2499/5
La route de l'espoir
2500/7
La victoire d'Angélique
2501/7

TERROIR
Romans et histoires vraies d'une France paysanne qui nous redonne le goût de nos racines.

CLANCIER G.-E.
Le pain noir
651/3

GEORGY GUY
La folle avoine
3391/4
Orphelin, Guy-Noël vit chez sa grand-mère, une vieille dame qui connaît tout le folklore et les légendes du pays sarladais. Dans ce merveilleux Périgord, où la forêt ressemble à une cathédrale, l'enfant s'épanouit comme la folle avoine.

JEURY MICHEL
Le vrai goût de la vie
2946/4
Le soir du vent fou
3394/5
Un soir de 1934, alors que souffle le vent fou, un feu de broussailles se propage rapidement et détruit la maison du maire. La toiture s'effondre sur un vieux domestique. Lolo avait si mauvaise réputation que les gendarmes ne cherchent pas plus loin...

LAUSSAC COLETTE
Le sorcier des truffes
3606/1

MASSE LUDOVIC
Les Grégoire
Histoire nostalgique et tendre d'une famille, entre Conflent et Vallespir, en Catalogne française, au début du siècle.

- Le livret de famille
3653/5
- Fumées de village
3787/5 (Novembre 94)

PONÇON JEAN-CLAUDE
Revenir à Malassise
3806/3 (Décembre 94)

SOUMY JEAN-GUY
Les moissons délaissées
3720/6 (Juillet 94)
Mars 1860. Un jeune Limousin quitte son village natal pour aller travailler à Paris, dans les immenses chantiers ouverts par Haussmann. Chaque année, la pauvreté contraint les gens de la Creuse à délaisser les moissons... Histoire d'une famille et d'une région au siècle dernier.

VIGNER ALAIN
L'arcandier
3625/4

VIOLLIER YVES
Par un si long détour
3739/4 (Août 94)

Achevé d'imprimer en Europe (France)
par Brodard et Taupin à La Flèche (Sarthe)
le 23 décembre 1994. 6793 K-5
Dépôt légal déc. 1994. ISBN 2-277-22439-1
1er dépôt légal dans la collection : sept. 1988

Éditions J'ai lu
27, rue Cassette, 75006 Paris
Diffusion France et étranger : Flammarion

2439